Jens Korbus

Lotte hat Goethe auch die Haare gekräuselt, Coronas Schuh und eine Erzählung über Schiller.

Drei Erzählungen

Die Deutsche Nationalbibliothek verzeichnet diese Publikation in der Deutschen Nationalbibliothek; detaillierte bibliographische Daten sind im Internet über http://dnb.d-nb.de abrufbar.

Jens Korbus

Lotte hat Goethe auch die Haare gekräuselt *und* Coronas Schuh

und eine Erzählung über Schiller

Drei Erzählungen

*„Ich und das Frauenzimmer“, sagte er lächelnd, „sind
ein paar Trümmer einer Schauspielergesellschaft, die vor
kurzem hier scheiterte.“*

Goethe, Wilhelm Meisters Lehrjahre

Lotte hat Goethe auch die Haare gekräuselt

Eins

Nach langen Jahren in Nordrhein-Westfalen war ich, der Erzähler, wieder in meiner Heimatstadt K.. Eine bürgerliche Mittelstadt, viele Beamte, viel Bundeswehr. Ein Theater, das Emigranten nach der Französischen Revolution von 1789 gebaut hatten. Man gab Emilia Galotti, die Fledermaus, den Zarewitsch, auch Modernes, zum Beispiel Botho Strauss. Es gibt einen Markt mit Gemüse und frischen Sachen einmal die Woche und einmal im Jahr einen Karnevalsumzug. Die Umgebung: Hunsrück, Eifel, Taunus und Westerwald. – Wenn man ein Auto hat, lässt es sich hier leben. Bettler oder Asoziale sieht man in der Fußgängerzone nicht. K. ist die größte Gerichtsstadt im Bundesland. Vom Amtsgericht über das Oberlandesgericht bis zum Oberverwaltungsgericht. Mein Bruder, der Jura studiert hat, war als Anwalt hierher zurückgekehrt.

Meine Ausbildungsschule! Dieses blitzneue Monstrum aus Glas und Beton, dem sich gleich der Ruf einer Drogenschule anheftete. Nichts erinnerte hier an meine eigene Schulzeit. Ich war froh, dass ich in dieser 6. Klasse die Ballade „John Maynard" von Fontane durchnehmen durfte. Die Lehrerin erklärte mir, sie sei Realschullehrerin und wegen des Lehrermangels ans Gymnasium gekommen. Ich sagte ihr, sie sei die beste Lehrerin, die ich erlebt habe. Später duzten wir uns, weil wir uns sympathisch waren. Die Schule hatte einen liberalen Chef, der aus der Schule gerne eine Art Waldorfschule gemacht hätte. Aber man hatte ihn über Nacht ausgewechselt. Als ich als Referendar aus den Sommerferien zurückkam, war er weg. – „Weg" war die Antwort, die man mir im Kollegium bei meinen Nachfragen gab. Als sei er von allein weggegangen. Weil der Lehrermangel damals so groß war, hatte er noch eine Volksschullehrerin an das Gymnasium gebracht, die am folgenden Montag ihre erste Deutschstunde zu geben hatte. Ich lernte diese Frau sehr spät kennen und fand einen Schatz an Bildung, Kenntnissen und sozialer Integrativität. Ihr Mann war Mathematikprofessor, und sie hatten sich zehn Jahre lang die Philosophievorlesungen von Professor Golz in Mainz angehört.

Von L., wohin ich nach meinem Ersten Staatsexamen geschickt wurde, war es nicht weit nach Bonn mit seinen schönen Buchhandlungen, und die zwei Jahre dort gefielen mir, zumal meine Schwester dort auch eine Stelle bekam und wir uns mit drei anderen jungen Lehrern zusammenfanden, allesamt aus dem nahen Bonn. L. war eine Stadt, in der es Bustouristen gab und in der ein Gerücht schneller herum war, als man laufen konnte. Die Eltern der Schüler arbeiteten bei der Basalt AG, bei der Kalichemie in einem nahen Ort, bei der Bahn oder in der Landwirtschaft. Ich hatte an meiner Ausbildungsschule in K. Kinder gesehen, fast noch Kleinkinder, mit gelgestylter Frisur und Markenturnschuhen. In einer zehnten Klasse in L. dachte ich mir eine Unterrichtsreihe über Film aus, ließ die Klassenarbeit über Fred Zinnemanns „Zwölf Uhr mittags" schreiben, und am Ende des Jahres, kurz bevor ich nach K. zurückging, kam nach der letzten Unterrichtsstunde ein großer blonder Schüler und bedankte sich im Namen der Klasse für den Unterricht. So etwas erleben.

Ich war in L. besser vernetzt und integriert als auf diesem neuen Gymnasium. Ich wohnte am Ende der Schlossallee, nachdem ich meine ruhige Wohnung zwischen den Weinbergen in L. satt bekommen hatte. Der neue Schulleiter hätte am liebsten unter der Dorflinde Volkstänze tanzen und dabei die unbequemen Bücher als Bohème-Philosophen verbrennen lassen! – Ich verhielt mich zurückhaltend. Als gäbe nur die Macht der sogenannten „echten Authentizität" das Recht auf „Wahrheit"! Natürlich ist auch mein Schreiben willkürlich, denn man lässt bei jedem geschriebenen Satz tausend andere Möglichkeiten liegen. Ich lernte zu Anfang des Referendariats im Schwimmbad eine junge, schlanke Frau kennen, mit einem Gesicht, so hübsch wie ein ungeschälter Apfel. Sie war ganz jung, und wenn ich sie abends nach Hause brachte, stand ihre Mutter im Vorgarten und wartete. Das Mädchen war hübsch, intelligent, und hatte nicht viel Bildung. Es gibt zwischen allen Menschen ein Gefälle, das keine Beziehung, vielleicht höchstens das Geld, auszugleichen vermag. Aber sie war so ehrlich und hinterfragte sich selbst so oft, dass ich mit dem Gedanken spielte, sie zu heiraten und mit ihr in mein neues Gymnasium in L. zu gehen.

Diese junge Frau, die mich während meiner Referendarzeit begleitet hatte, hatte auf der Tribüne des Freibads gesessen, umgeben von drei rockerartigen Gestalten. Sie schien mir dort nicht hinzugehören, denn sie war zu schön und zu blond. Sie schaute in alle Richtungen. Ich trug eine Sonnenbrille und hatte das Gefühl, dass sie mich nicht sehen konnte. Kurze Zeit später zog ich meine Sachen an und ging zu meinem Auto. Da sah ich sie auf der Straße in flachen Wildlederschuhen und weißen

Jeans alleine nach Hause tigern. Ich fuhr an den Bürgersteig, kurbelte die Scheibe herunter und fragte sie, ob ich sie nach Hause fahren könne. Sie schaute mich an, überlegte ein wenig und sagte mir dann, wie alt sie war. Ich war keineswegs erschrocken. Sie überlegte kurz und stieg dann ein. Wir verabredeten uns für nächsten Sonntag zu einer Spazierfahrt, und ich ließ dafür die Verabredung mit einem Mädchen, das ich durch meinen Bruder kennengelernt hatte, platzen. Ich stellte im Auto fest, dass ich mein Portemonnaie zu Hause liegengelassen hatte, und fuhr kurz zurück, um es zu holen. Sie sagte, sie würde immer selbst für sich bezahlen. Schließlich akzeptierte sie es doch, dass ich Kaffee und Kuchen im Waldrestaurant übernahm. Viele Wochen später waren wir zusammen, und sie zeigte sich sehr erfahren. War es die Rockerclique, in die sie kurz geraten war? Unsere Beziehung begleitete mich durch die gesamte Referendarzeit. Sie war anhänglich, vertrauenswürdig und schrieb auch schon mal die eine oder andere Überweisung für mich. Sie lernte Versicherungskauffrau bei der Debeka. Als ich nach dem zweiten Examen nach L. versetzt wurde, besuchte sie mich jedes Wochenende und brachte mir Selbstgekochtes. Als wir das erste Mal zusammen waren, hatte sie ihre Haare mit einer braunen Wollkordel zusammengebunden. Bei meinen zwei Umzügen während der Referendarzeit packte sie kräftig mit an. Was sollte da ein Psychologe? Meinen Bruder nannte sie Cowboy.

Zwei

Man hatte es am Gymnasium mit Menschen zu tun und wurde jeden Tag darauf aufmerksam gemacht. In den Deutschkursen der Oberstufe sagten die Schüler, was sie dachten und empfanden. Nichts davon war trivial. Ich nahm alles ernst und habe aus den Antworten der jungen Menschen viel gelernt. So absolvierte ich Dreiviertel meiner Referendarzeit an einer Schule ohne Schulleiter. Es gab aber eine interessante, rothaarige Kollegin, der ich mich anschloss und die ich um Rat fragte, wenn es Probleme gab.

Als ich nach zwei Jahren als Studienrat an meine Ausbildungsschule zurückkam (ich hatte ein paar Beziehungen spielen lassen), erkannte ich, dass dies meine alte Ausbildungsschule nicht mehr war. Die Landesregierung hatte einen „gestandenen Mann" zum Schulleiter gemacht, der „die seltsamen jungen Leute", die an der Regelanfrage vorbeigekommen waren, aussondern und melden sollte. Die Führung hatte Savigny übernommen, ein dünner Mann, der den Schulleiter an sich gebunden hatte.

Man konnte im Unterricht machen, was man wollte. Denn die Lehrpläne galten nicht mehr. Man war in einem geistigen Niemandsland. Ich bekam zwei Klassen, die im nächsten Jahr Abitur in Deutsch machen mussten. Die Lehrerin, die dort vorher unterrichtet hatte, hatte die Schule gewechselt, weil sie mit beiden Klassen nicht zurecht kam. Ich kam mit der einen Klasse zurecht, mit der anderen nicht. Zurecht kam ich mit den rauen, toughen Jungen, die wirklich gute Pointen hatten. In der anderen Klasse saßen Jungen und Mädchen zwischen achtzehn und zwanzig, die an ihre Karriere dachten und deren Väter jeden Tag mit dem Reviera-Express in ein Büro in Bonn fuhren, obwohl Bonn keine Hauptstadt mehr war. In der Jungenklasse las ich die Erzählungen von Gabriele Wohmann und Brechts Keuner-Geschichten. – In der anderen Klasse den Werther und barocke Sonette. Trotzdem kamen einige Väter aus dieser Klasse in meine Sprechstunde und versuchten mich auszufragen. Ich blieb cool und speiste sie mit ein paar Widersprüchlichkeiten ab. Nur eines der drei Mädchen aus der wilden Jungenklasse hatte Kontakt zu mir gefunden und diesen in den folgenden Jahren durch Briefe und Postkarten aufrechterhalten. Meine Adresse hatte ja im Telefonbuch gestanden.

Ein Kollege versuchte, mich zu Scientology zu bekehren. Ich konnte mich kaum noch erinnern: Entgrenzung des Einzelnen, Gewinn universeller Handlungsfreiheit des Menschengottes. Engramme, ungefähr so was wie das Freudsche Trauma. Die Engramme waren winzige Kerben auf der Seelenfläche. Man sollte seine dunklen Seiten schonungslos aufdecken. Ich wusste nicht, ob ich welche hatte. Alles andere hatte an wirklich schlechte Sience-fiction-Romane erinnert. Der Kollege hatte zu mir gesagt: „Der einzige Weg, Leute zu kontrollieren, ist die Lüge. Du kannst das in großen Buchstaben in dein Notizbuch schreiben." – Als ich den Kontakt zu ihm abgebrochen hatte, hatte er mir nachgerufen, ich würde mein ganzes Leben ein „Preclear" bleiben. Ich wusste, dass man mit der Sprache alles machen konnte. Jedes Wort erregte den Gegensinn. Die Nebenbedeutungen der Wörter konnten in die verstecktesten Schlupfwinkel der menschlichen Persönlichkeit eindringen. Seelenritzen! Das Individuum sollte angeblich schon im einzelligen Stadium Engramme haben. Ich konnte darüber nur lachen. Natürlich hatte jeder eine Erbsubstanz, aber dafür ein neues Wort zu gebrauchen und zu denken, man habe die DNA erfunden, war lächerlich. Vielleicht schützte die Erbsubstanz sogar vor den sogenannten Engrammen.

Ich hatte in Düsseldorf Studenten unterrichtet und, die Studenten hatten mir Sekundärliteratur an den Kopf geworfen. Ich habe fristlos gekündigt, zunächst bei der Universitätsverwaltung, damit mich niemand mehr zurückhalten konnte. Ich ging in den Schuldienst. In K., meiner Heimatstadt, wohnte ich zuerst bei meinen Eltern, also im Mutterbauch! Ich ließ mir Koteletten wachsen, weil ich dieses schöne junge Mädchen kennengelernt hatte, dem ich, als ich in den Sommerferien mal in Heidelberg war, einen sehr weit ausgeschnittenen Top mitbrachte. Sie arbeitete bei der Sparkasse. Ich holte sie jeden Tag ab, wir fuhren in mein Appartement, aßen Tomatenomelette und blieben zusammen. Ich merkte, dass mich diese sogenannte „einfache" Frau, besser verstand als jede Studierte. Wir fuhren nach Bonn ins Steakhouse und aßen Hacksteak mit Pommes Frites. Damals das Höchste. – Als wir in Bonn über den Markt gingen, begegnete uns eine ehemalige Freundin. Sie beugte sich zur Seite und flüsterte mir zu: „Zu jung!" Diese Frau war auch schon durch einige Hände gegangen. – Ich mochte die Art, wie meine neue Freundin sich verhielt und wie sie auftrat. Ich hatte gedacht, mein Aussehen, mein Intellekt, mein Sport und meine Begabung würden ausreichen, um durchs Leben zu kommen! Im ersten Semester war ich von mir so überzeugt gewesen, dass ich in Rotwein-Volltrunkenheit eine Arbeit schrieb und sie meinem Dozenten einreichte. Sie wurde mir prompt zurückgegeben. Einmal ging ich mit meiner jungen Freundin ins Theater. Man gab Goethes „Natürliche Tochter". Ich wusste damals nicht, dass mir Goethe einmal so viel bedeuten würde.

K. war eine altmodische Mittelstadt. Es gab drei oder vier schöne Buchläden. Die Ausbildung war schön. Ich hatte eine Freundin und brauchte mich nicht zu beeilen.

Während meines Referendariats war es mir gelungen, einen Traum niederzuschreiben. – Oder vielmehr die Reste, die ich im Gedächtnis hatte. Der Traum erinnerte mich an eine Paradoxie aus meinem Philosophiestudium. Wenn jemand von sich selbst sagte: „Ich bin ein Gewohnheitslügner", dann musste auch dieser Satz eine Lüge sein. – Niemand sollte von dem, was ich im Studium erlebt hatte, erfahren. Es darf diese Formen der obszönen Offenheit nicht mehr geben. Jemand sprach von seelischer Läuterung durch die Kunst. Eine Frau sagte: „Die Jugend kann ruhig verroht sein, solange sie arbeitet, produziert und unsere Güter verbraucht." Man muss wohl einmal im Leben einer Kunstfälscherin wie Christine begegnet sein, um zu wissen, was das eigene Ich ist. Die „grenzwertigen Persönlichkeiten" waren mir die liebsten. – *Was ist der Mensch, dass er über sich klagen darf?*

Drei

Im März 1772 lernte der zweiundzwanzigjährige Goethe auf seinem dreimonatigen Praktikum am Reichskammergericht in Wetzlar die neunzehnjährige Charlotte Buff kennen. Charlotte war seit über vier Jahren mit dem Hannoverschen Legationssekretär Johann Christian Kestner verlobt. Nicht offiziell. Sie gingen miteinander, wie es damals hieß, und die Heirat mit Kestner würde ihre Zukunft sichern. Kestner würde mit ihr als Archivsekretär nach Hannover gehen und sie würde ihm zwölf Kinder gebären. Ihre Mutter hatte sechzehn Kinder geboren. – Wie Goethe sie kennengelernt hatte?

Goethe kam ins Deutschordenshaus, und Lotte schnitt für ihre jüngeren Geschwister Brot.

Lotte sagte: *Louis, gib den Herrn Vetter eine Hand.*

Vetter? sagte ich, indem ich ihr die Hand reichte, Glauben Sie, dass ich des Glücks wert sein, mit Ihnen verwandt zu sein?

O sagte sie mit einem leichtfertigen Lächeln, unsere Vetternschaft ist sehr weitläufig, und es wäre mir leid, wenn Sie der Schlimmste darunter sein sollten.

Als hätte Goethe ihr ein Mikrofon hingehalten.

Goethe war hingerissen und Kestner war eifersüchtig, hatte auch das Gefühl, Lotte passe besser zu Goethe als zu ihm. Der machte Kestners Lotte weiter kräftig den Hof. Es gab Treffen, *heiße Spaziergänge* und gemeinsame Wanderungen nach Atzbach oder ins nahe Garbenheim, wo Goethe eine andere junge Frau kennengelernt hatte, Eva Justine Henriette Bamberger, Lehrerstochter,

Frau des Küfers, die Goethe auf ihrem Vorplatz unter zwei großen Linden einen *Coffee* oder ein Glas Wein einschenkte. *Eine Frau, welche ziemlich gut aussiehet eine freundliche, unschuldige Miene hat,* schrieb Kestner in sein Tagebuch am 12. September 1772. Lotte war fröhlicher und mädchenhafter als diese Frau, die mit neunundzwanzig Jahren drei Kinder hatte. Vielleicht galten ihr die ersten sechs Zeilen des Gedichtes „Der Wanderer" aus dieser Zeit: *Gott segne dich Jungfrau, / und den säugenden Knaben / an deiner Brust! / Lass mich an der Felswand hier / an des Ulmbaums Schatten / meine Bürde werfen, / neben dir ausruhen.*

Goethe turtelte mit ihr und der neunzehnjährigen Lotte, denn Kestner war den ganzen Tag bei Gericht und hatte wenig Zeit. Lotte konnte genauso unschuldig dreinschauen wie Henriette Bamberger, und Kestner war trotz aller Freundschaftsbezeigungen Goethes sehr eifersüchtig. Er versuchte das in seinen Tagebüchern zu verstecken. Aber er kontrollierte jeden Schritt des Mädchens und sah ihm manchmal sogar mit dem Fernglas nach. – Was sollte Kestner angesichts dieses Eindringlings in die Beziehung tun? Das Verhältnis muss belastend gewesen sein. – Kestner war ein überlegener, weitsichtiger Kopf, und so tat er das Klügste. Er band Goethe ein, so gut es ging. Es gelang nicht immer.

Goethe scheint nicht klar gewesen zu sein, in was er sich verrannt hatte. Hätte er Lotte Buff eine sichere Zukunft geben können wie Kestner? – Goethe wusste ja noch nicht einmal, was mit ihm los war. – Hatte Goethe mit beiden Frauen etwas gehabt? – Kestner wusste, dass er keine Zeit hatte, die Beziehung zwischen Goethe und seiner Verlobten zu zersetzen. Er musste arbeiten.

Den ganzen Tag. – Goethe konnte auch mesmerisieren. Lotte hatte davon gehört. – Manchmal bedeckte sie ihre Schultern, wenn Goethe sie vorsichtig zu beißen versuchte. Vielleicht hatte sie sich auch eine kleine Schlange auf den linken Fuß stechen lassen und wollte sagen: „Das steckt auch in mir!" Goethe schien das nicht zu stören, denn ihm war im Leben immer der Weg freigehalten worden. – War Lotte rational? Was war denn Rationalismus anderes, als Denken in Regeln der Grammatik! Und Goethe konnte sich immer auf seine sophistischen Fähigkeiten verlassen. Lass uns beiden meine Erfahrung zugute kommen! – Eine alte Jungfer wollte sie nicht werden, voll Frustration und Wahnsinn. In einer ungesunden Atmosphäre starb man früh. – Verglichen mit anderen Verlobungen in ihrem Kreis (und den darauf wahrscheinlich folgenden Ehen) war ihr doch einiges gelungen. Natürlich beneidete sie Goethe um seine Freiheit. *Aber es liegt in unserer Natur, Anderen ihr Wohlergehen zu neiden,* hatte Robert Burton geschrieben. Aber ohne menschliche Wärme leben? – Die Seelenkenner verdunkelten alles Klare. – Goethe hatte nie lästige Fragen gestellt, wie manchmal Kestner. Er hatte sie immer zu Wort kommen lassen, und manchmal mehr!

Goethe mochte Kinder, auch seinen Diener Philipp Seidel, mit dem er aufs engste zusammenlebte. Aber diese andere noch nicht dreißigjährige Frau und Mutter von drei Kindern, Henriette Bamberger, wohnte im Dorf Garbenheim, wohin Goethe in seiner Freizeit (und er hatte fast nur Freizeit) oft gewandert war. Sie war Lehrerstochter, hatte den Küfer geheiratet und betrieb mitten im Dorf einen kleinen Ausschank. Goethe ließ sich vom Gasthaus einen Tisch und einen Stuhl auf den Platz vor ihrem Haus stellen, das von Linden überschattet war, und muss sich wohl oft mit ihr getroffen haben. Es schien, als habe Goethe auch mit ihr etwas angefangen. Sie hieß Eva Justine Henriette Bamberger, 1744 geboren. Kestner, der seine Verlobte genau beobachtete (auch Goethe) musste wohl auch Goethes Spaziergänge kontrolliert haben. – Am 12. September 1772 machte Lotte eine längere Fußwanderung, und Kestner wollte sich nicht von ihr trennen: *Auf dem Berge sah ich ihr noch mit Perspektiv nach, ich sah sie mit einer Bauersfrau unterwegs, die still bei ihr stand, reden. Es war des Doktor Goethe Freundin in Garbenheim, eine Frau, welche ziemlich gut aussiehet, eine freundliche unschuldige Miene hat, und gut, jedoch ganz ohne Kunst reden kann; sie hat drei Kinder, welchen Doktor Goethe oft etwas mitbrachte, daher sie ihn liebhatten, die Frau sah ihn auch gern.* – Lottchen erzählte der Frau, dass Goethe sich über Nacht davongemacht habe, und ob sie Goethe eine Nachricht bestellen solle. Sie würde es durch jemanden schreiben lassen. – Die Frau antwortete: *O dem hätte ich einen ganzen Wagen voll zu schreiben!*

Die stärkste Fundgrube sind Goethes ausdrucksstarke Ossian-Texte, die er selbstständig und höchst subjektiv allein für das Werther-Büchlein übersetzt hat. Nachempfunden ist sicher der bessere Ausdruck. Am Schluss des Briefromans, ab dem 8. Dezember, wird die Natur gleich mit seiner Seele und seiner Beziehung gesetzt: *All mein Liebestal überschwemmt.* – Man brauchte nicht Freud zu sein, um zu sehen, was hier dargestellt wurde: *Und wie ich wehmütig hinab sah auf ein Plätzgen, wo ich mit Lotten unter einer Weide geruht, auf einem heißen Spaziergange (Sic), das war auch überschwemmt […] verstört unsere Lauben, dacht' ich.* Dann folgt *Diese Nacht!,* in der er ein Zusammensein mit Lotte als Traum oder Fantasie beschreibt. – In dem Colmar-Abschnitt des Ossians-Teils schreibt er: *Salgar, mein Lieber, hier bin ich. Warum zauderst du zu kommen?* In dem Alpin-Abschnitt des Ossian schreibt Goethe: *Aura, meine Tochter, du warst schön! schön wie der Mond auf den Hügeln von Fura; weiß wie der gefallene Schnee, süß wie die atmende Luft.* Und der Abschnitt endet mit den Worten: *Sie widerstund nicht lange, schön waren die Hoffnungen ihrer Freunde.*

Die Sprache damals war viel schlichter. Aber alle verstanden, worum es ging.

Vier

Ich habe auf einer Hochzeit Charlotte kennengelernt, die ich hier Christine nenne. Wie sie zur Tür hereinkam, in der hintersten Ecke des Raumes verschwand und so tat, als würde sie mich nicht sehen! Ruhe, Vernunft und lange dichte, braune Haare! Ich kann mir nicht vorstellen, dass sich in diesem Augenblick viele Männer um sie kümmerten. Der fließende blaue Rock, eine fehlfarbene Seidenbluse. Turnschuhe mit den abgeschnittenen Söckchen dazu trägt heute fast jede junge Frau. – Als das Hochzeitspaar vorgestellt wurde (mit Mikrofon), ging sie langsam nach vorn und übergab zwei hübsch verpackte Geschenke. Der Organisator der Hochzeit ergriff das Mikrofon und hielt eine witzige Rede. Als wir nebeneinander am Kalten Büfett standen, richtete sie das Wort an mich und fragte mich, ob ich meine kleine Eigentumswohnung wirklich verkaufen wolle. Sie hatte sie im Internet gesehen und sich dafür interessiert. Ich verabredete mich mit ihr zum Essen, hinterher wollte ich ihr die Wohnung zeigen. Sie hatte sich die Haare hochgesteckt und ihren Sphinxblick aufgesetzt. Schön geformte Ohrmuscheln und eine warme Atmosphäre, die von ihr ausging. Ruhig, zurückhaltend, aber auch ihre Chancen ergreifend. Meine Wohnung war nicht besonders groß. Aber sie hatte einen großen Balkon und Blick auf Schloss Stolzenfels. Bad und Toilette waren getrennt. Dass die Frau dünn war, gefiel mir auch. Ihre Augenbrauen waren nicht gezupft. Sie nahm alles wahr, was um sie herum vorging. Sie folgte, wie ich, ihrem Instinkt. Weder bei der

Zeremonie, noch beim Essen hatte jemand bemerkt, was mir die Begegnung bedeutete. – Sie fragte mich, ob man Goethe heute in ein Lager stecken würde. – Sie war eine von Frauen, die im Internet in jede Ritze des anderen Daseins kletterten. – Sie war Kunstlehrerin.

Die Hochzeit war nach der Geschenkübergabe erst richtig losgegangen. – Unser Gespräch hatte mehr Kenntnisse und Gedanken hervorgebracht als das der anderen. Dass die Anderen schwiegen, hatte ich daran gemerkt, dass außer uns niemand mehr redete. Wir kamen beide nicht aus Familien, in denen man in Dublonen hätte baden können. – Jetzt wurde mir auch ihre Gesprächswendung klar: „Da könnte ich mich reinsetzen." Sie meinte nicht das Essen, sondern das Geld. – Ich stelle sie mir beim Unterrichten vor: klar, differenziert und leise, während der seitwärts geschwungene Pferdeschwanz mit ihren dichten Haaren ihr von rechts über die Schulter nach vorn fiel.

Christine hatte vor ihrem Kunststudium in der Keramikindustrie gearbeitet. Hatte Keramikplastiken gemacht, die wie Verstümmelungen aussahen und malte große Bilder. – Verkaufte auch etwas und wurde regional bekannt. Färbte sich seit neuestem die Haare. Fehlgeburt, nachdem sie in der Eifel von einem Guru behandelt wurde. Glaubte, sie habe zu viel „männliche Hormone". Bricht Bekanntschaften und Beziehungen nach zwei bis drei Wochen ab. Ihre großen bunten Flächen werden jetzt unter anderem Namen verkauft. Sie ist Foucault-Anhängerin. Ihre Schwester zieht es zu Sloterdijk. Christine setzt therapeutische Sprüche gezielt als Waffe ein. Bei Diskussionen reagiert sie mit Schweigen.

Ihr Atelier ist in N. Ihre Kartenlegerin in Ägidienberg hat sie abhängig gemacht. Sie traut niemand außer dieser Kartenlegerin. Eine Sitzung kostet 80 Euro.

Allem, was Christine tat, lag die Botschaft zugrunde: Ich bin zu allem fähig. – Ich erinnerte mich, dass ich in meiner Zeit an der Uni kurzzeitig in ein Wespennest geraten war, wo jeder mit jedem schlief und nach drei Tagen jeder über jeden Anderen Bescheid wusste. Goethes Werther hätte in solche Momente nicht hineingepasst. An der Uni ließ man mich Bibliografien für die künftige Seminarbibliothek machen. Natürlich waren es Bibliografien von Autoren, die niemand interessierten. Das andere Deutschland? Autoren, die das Soll predigten? – War meine ostpreußisch induzierte Welt das Leben der Anderen? Manchmal dachte ich, ich hätte nichts damit zu tun. Warum ließ man Leute wie mich nicht in Ruhe? Meine Schwester hatte es ja auch geschafft. – Christine rief neuerdings zwei- bis dreimal in der Nacht an, ließ es kurz durchklingeln. – Zur Selbstbefriedigung? Mein Unbewusstes? – Ich habe das Telefon aus der Station genommen und unter die Daunendecke meines Gästezimmers gesteckt. Ich hatte gelesen, dass Frauen aus der Szene sich so verabschiedeten. In ihren Romanen breiteten sie in einfacher Sprache ihre Sophismen aus. Aber hatte ich selbst auch nur eine meiner Freundinnen durch Argumente gewonnen? – Nach zwei Jahren schied Christine aus dem Schuldienst aus. Sie war Künstlerin geworden und malte schicke Sachen mit Acrylfarben. – Ich las noch einmal die Leiden des jungen Werthers. Erste Fassung. Die Gespräche über Wahntaten, die das Gesetz mildert. – Die Halbseidenen schütten etwas auf den Küchenboden und werden so hin- und hergeworfen, dass ihr weiteres Schicksal nicht mehr interessiert. – Wenn einen die dienstliche Beurteilung von der Clique wegbrachte, war das nur gerecht. Gerecht war, was der Fürst entschied! Im Beamtengesetz entschied der Fürst immer richtig. – Mein Gott, wenn ich lachte, lachten die Anderen über mich. – Christine versuchte mich zu dominieren. – Im Schwimmbad kraulten mir die Frauen entgegen und wichen aus, wenn es nicht anders ging.

Was war es, was Goethe an Lotte Buff angezogen hatte? Die Hormone? Oder Goethes Eigenliebe? – Roland Barthes nennt Werther *den Liebenden, den Utopisten, den Heruntergekommenen, der niemandem verbunden ist als sich selbst.* – Barthes irrt sich. Er ist ein Opfer dieses gut inszenierten Büchleins geworden, das von Hitchcock stammen könnte. Goethe zeigte darin, wie ein Mann einer Frau langsam, bis hin zu dem Satz: *Sie kann mit mir machen was sie will,* verfällt. Dieses Verfallen ist aber nur eine Folge von Goethes geschickten, dramaturgischen Suspense-Schachzügen. – Die Umstände im Werther sind der *Schleier der Maya, der Wandteppich der Illusionen.* Sie sind nur deshalb suggestiv, weil sie durch Goethes suspenseträchtigen Kopf gegangen sind. Goethe hatte vorher den Götz geschrieben, der noch viel spannender war. Barthes war homophil, und nichts war schrecklicher für ihn, als der Gedanke, dass sein Partner sich einmal dem natürlichen Geschlecht zuneigen könnte. – *Ich kann mich beklagen und gleichzeitig ausharren,* schreibt Barthes. Das ist der Kern des Werther. Und darin liegt sein Suspense. Vielleicht hätte Goethe den Werther anders geschrieben, wenn er Knebels Briefe an seine Schwester gekannt hätte. – *Die Natur von heute ist die Stadt,* sagt

Barthes über Goethes Naturschwärmerei. – Warum hat sich Werther nicht früher aus Wahlheim davongemacht? – *Mittels des Telefons versuche ich fraglos, die Trennung zu leugnen,* schreibt Roland Barthes. – *Die Dummheit besteht darin, überrascht zu werden.* – Goethe hatte seinen Werther geschrieben, um zu reizen, um zu kitzeln, bis zum letzten. – Ich hatte im Studium ein paar Gruftis kennengelernt, die Goethe mochten. Es war viel Eitelkeit unter den Gruftis. Was sie schrieben, wusste jeder. Goethes Leben war eine der größten Karrieren eines inspirierten Pietisten. – *Mach mich recht gut,* hatte er an Charlotte von Stein geschrieben.

Fünf

Seit ich Christine kannte, wusste ich, dass die Transsubstantionslehre mehr Psychologie enthielt als Freuds Psychoanalyse. Warum nicht Horoskop, warum nicht Kartenschlagen? Warum nicht eine Handleserin oder ein Neophilosoph? Das was man hierzulande Psychologie nannte, war nichts anderes als das Projizieren jenseitiger Begriffswelten. – Als ich mir damals eine alte Leica III f kaufte, war das nichts anderes als die Entdeckung der Winckelmannschen Kunstwelt. Man konnte nie besser schreiben, als man mit einer Leica III f fotografierte. Paradoxe waren da, weil man den menschlichen Gedankenwelten eine menschenfremde Logik unterlegte. – Werther schreibt am 1. Juli 1771: *Sie kann mit mir machen was sie will.* – Man darf Werther nicht für Goethe halten. *Grenzwertig?* – Man braucht nur einen Vorwand, um seine ausgedachten seelischen Quadrillen zu motivieren. Vielleicht haben sie sich die Frau geteilt.

„Die Armen denken, und die Reichen machen mit den Gedanken Geschäfte", sagte Christine.

Vielleicht durfte ich dankbar sein, dass mich Christine an ihrer Welt teilhaben ließ. – In der Welt gab es Essentialisten, Konstruktivisten und Platoniker. Die anderen Denkmodelle fielen herunter. Die einzige Ausnahme war Kant. Für den Essentialisten waren die Begriffe in den Dingen (in rebus) und bildeten die Welt ab. Für die Konstruktivisten war die Beziehung zwischen Wörtern und Dingen willkürlich. Für die Platoniker entstand die

Wirklichkeit durch Teilhabe an den ewigen Ideen. Allein das Wort Teilhabe! – Die Scientologen waren Essentialisten! –Die mystische Einheit von Wort und Wirklichkeit, die sie voraussetzten, gab es nicht. Da aber jeder ausgesprochenen Weltwahrnehmung Begrifflichkeit vorausgehen muss, konnte ich es mir einfach machen und mir meine Weltbegriffe selbst aussuchen. Aber die Ratio täuschte genauso wie die Esoterik. – Christine und Esoterik waren Weltflucht. – Manchmal fing man an zu philosophieren. – Natürlich ist die Verzifferung der Welt ein Hilfsmittel. Damit findet man sich ab. Die anderen setzen gegen das *Zahlenrechnen* das *Mit-den-Augen- addieren*. Im Leben lernen wir nichts anderes als neue Wörter, bis wir wieder neue Wörter lernen und daraus wieder theoretische Legogebäude bauen.

Christine sagte: „*Das wahre Verdienst wird glänzender durch den grundlosen Tadel!* sagt Winckelmann. Warum soll ich neue Wörter lernen, wenn ich mit den alten so gut gefahren bin? – Ich behalte mir vor, ich selbst zu sein. Ich dränge euch mit meinen Gedanken nicht ins Nichts. Wenn ich ein einfaches Begriffsbild habe, ist die Welt einfach. Glaubt ihr, Winckelmann habe sonst seine Kunsttheorien schreiben können? – *Nächst dem, dass man selbst denke, und nicht Andere für sich denken lasse!* – Das ist ein Wort von Winckelmann. Er schrieb: *Im übrigen können große Ignoranten sehr gelehrt schreiben.*"

Christine ging hinter einen Vorhang und zog eines ihrer Bilder hervor, nach Motiven von Ausgrabungen in Herkulanäum. Tänzerinnen und Nymphen. Auch Zentauren wie aus schwarzem Marmor.

„So ist das", sagte Christine, „man kann den Menschen durch Kunst nicht heilen. Jeder sagt das Gegenteil von dem, was er denkt. Horoskop, Kartenschlagen, eine Zigeunerin, der Analytiker! – Das hilft nicht einmal zum Überbrücken. Das gilt auch für alle Therapieformen und Träumereien. Goethe war der Meinung, dass sich Newtons Fallgesetze in einer Ode darstellen ließen. Goethe hat so ziemlich alles ausgereizt."

Der Schluss des Werther hatte es in sich. Natürlich in der ersten Fassung, denn in der zweiten ist manches getilgt. – Selbst wenn das Folgende Fantasie ist und nicht Wirklichkeit, so ist es doch ein Affront gegen Kestner: *Ich hab sie in ihrer ganzen Himmelswonne geschmeckt diese Sünde, habe Lebensbalsam und Kraft in mein Herz gesaugt, du bist von dem Augenblicke mein!* Und eine halbe Seite später: *Sie hatte nie gelogen, und nun sah sie sich zum erstenmal in der unvermeidlichen Notwendigkeit.* – Wegen eines Kusses? – *Sie erinnerte sich all seiner Güte, seines Edelmuts, seiner Liebe, und schalt sich, dass sie es ihm so übel gelohnt habe.* Wegen eines Kusses? Eine Seite später heißt es: *Bald war sie im Begriff, sich zu den Füßen ihres Mannes zu werfen, ihm alles zu entdecken, die Geschichte des gestrigen Abends, ihre Schuld und ihre Ahndungen.* – Mein Gott, Goethe war so weit gegangen, wie er konnte. – Wenn das wirkliche Schuld war, dann gab es mehr als einen Kuss. – Am 22. April 1782 (also neun Jahre nach der Heirat) schrieb Kestner an Luise Mejer: *In den jetzigen Zeiten muss man nicht mehr heiraten, denn die Weiber sind höchstens auf einige Jahre dem Manne treu, dann verdrängt ihn ein Anderer.* Mit der Familie Kestner blieb Goethe sein ganzes Leben in Verbindung, und für zwei seiner erwachsenen Söhne verwandte er sich. – Kestner starb früh. Lotte Buff überlebte ihn um fünfzehn Jahre und reiste im Jahr 1806 nach Weimar, um ihren ehemaligen

Liebhaber wiederzusehen. Es wurde für beide ein bisschen peinlich. Charlotte Buff muss sich der Klassenunterschiede von Anfang an bewusst gewesen sein. – So bewusst, dass sie schließlich doch auf Kestners Ermahnungen gehört hat. – Was hätte ihr denn bevorgestanden? Das Schicksal Friederike Brions? Oder das der verheirateten Eva Justine Henriette Bamberger, fünf Jahre älter als Goethe. Henriette Bamberger war in Garbenheim viel allein mit Goethe gewesen. – Vielleicht galten Goethes Ossian-Fantasien auch ihr. Sonst hätte sie den Satz: *O dem hätte ich einen ganzen Wagen voll zu schreiben* nicht gewagt. Kestner muss dieser Satz so berührt haben, dass er ihn sich aufschrieb. Der Satz ist so originell und drückt so viel aus, dass man nicht glauben kann, Goethe habe die Gelegenheit mit dieser Frau vorbeigehen lassen. Vielleicht hatte Kestner auch an sie gedacht, als er Lotte sagte, die Wetzlarer Frauenzimmer ständen *in schlechtem Ruf*. – Warum erwähnt Kestner die *unschuldige Miene Henriettes*, wenn nicht in Gedanken auch das Gegenteil hätte implizieren können. Jedenfalls muss er Goethe in starkem Verdacht gehabt haben. – Vielleicht suchte er hinter die *unschuldige Miene* Lottes zu blicken, wenn sie von ihren Spaziergängen mit Goethe zurückkehrte.

Vielleicht galten auch ein paar Passagen aus dem Wilhelm Meister und dem Urmeister eher Lotte Buff als der Schauspielerin Philine: *Sie hatte … jeden Tag und jede Nacht … sorglos der Freude gewidmet.*

Lotte Buff hat Goethe bei einem morgentlichen Besuch im Deutschordenshaus in Wetzlar vielleicht so empfangen: *Das Frauenzimmer kam Ihnen auf ein paar leichten Pantöffelchen mit hohen Absätzen aus der Stube entgegengetreten. Sie hatte eine schwarze Mamille über ein* weißes Negligé geworfen, das, eben weil es nicht ganz reinlich war, ihr ein häusliches und bequemes Aussehn gab; ihr kurzes Röckchen ließ die niedlichsten Füße von der Welt sehen.

Als Philine später Wilhelm ihren Pudermantel um die Schultern legt, um ihm die Haare zu kräuseln, sagt sie einen Satz, der offensichtlich in einen anderen Kontext gehört: *Man muss ja keine Zeit versäumen, sagte sie; man weiß nicht, wie lange man beisammenbleibt.* – Und über die Staatsbeamten sagte Philine, vielleicht Lotte, die selber einen heiratete: *Lasst mir den Staat und die Staatsleute weg, ich kann sie mir nicht anders als in Perücken vorstellen.*

Das Werther-Rätsel war gelöst. Goethe hatte allen zu verstehen geben wollen, dass er Lotte Buff erobert hatte: *auf einem heißen Spaziergang.* – *Die rasche, wohlgewachsene Brünette* aus dem Werther wird allgemein als Friederike Brion aus Sesenheim angesehen. Aber Friederike Brion war nicht rasch. Rasch, das war Lotte Buff. Es dreht sich doch das Herz um, wenn Goethe in Dichtung und Wahrheit über Friederike schreibt: *So war es mir, als ob ich in ihr Herz sähe, dass ich höchst rein finden musste, da es sich in so unbefangener Geschwätzigkeit vor mir öffnete.* – Es gab Stellen in Goethes Briefen, in denen er mit hämischer Überlegenheit brillierte. Vielleicht war es auch der Klassenunterschied. Goethe schrieb 1771 an seinen Freund Salzmann, *dass seine Seele sich wie ein Wetterhahn im Winde schwankend drehe, und dass er um kein Haar glücklicher sei, nachdem er erlangt, was er gewünscht!*

Goethe lebte gut unter der Creme der Wetzlarer Juristen, wurde nur ab und zu von der Seite angesprochen: *Wenn ich Kestner wäre, mir gefiels nicht. Worauf kann das hinausgehen? – Du spannst die ihm wohl gar ab.* – Goethe entfaltete darauf einen seiner brillanten Sophismen:

Wäre sie so ordinär und hätte den Kestner zum Fond ihrer Handlungen, um desto sicherer mit ihren Reizen zu wuchern, der erste Augenblick, der mir das entdeckte, wäre der letzte unserer Bekanntschaft. – Kestner sah nicht gerne, dass seine tanzsüchtige Verlobte so viel Zeit mit dem Jungen verbrachte. Goethe war in seinen dreieinhalb Wetzlarer Monaten kein einziges Mal im Reichskammergericht. – Kestner musste ein Muster (oder ein Zerrbild) der Selbstbeherrschung gewesen sein. Wahrscheinlich war ihm nichts anderes übriggeblieben, als das Mädchen mit Goethe zu teilen. – Goethe hatte buchstäblich nichts getan, und schon hatte er sie. Kestner wollte sich nicht lächerlich machen. Wer wachte jetzt noch über die moralischen Grundsätze?

Sechs

Die Selbstmordpistole Werthers musste tatsächlich mit Hühnerblut gefüllt gewesen sein, wie es Nicolai in seiner Werther-Parodie geschrieben hatte. – Ich lachte darüber. – Christine hat mir eigentlich nichts von sich erzählt! – Nichts! – Ein bisschen hatte mir ihre Mutter gesagt. Ihr Großvater lag im September 1944 in Hohenstein in Ostpreußen, wo meine Großmutter 1937 Abitur gemacht hat. Ich finde, das ist eine interessante Verbindung!

Man kann nicht hinter die Fassade der Anderen blicken. – Dass Christine beim Grillen tatsächlich vom „Wertverlust" sprach! – Am Abend in der Halle hatte einer gesagt: „Alles auch ein bisschen Täuschung!" – Meine Psychologin Mandy sagte, Christine habe ihr Kunststudium abgebrochen, weil sie sich vor dem freien Denken an der Uni gefürchtet habe. – Vielleicht war es auch der Katholizismus! Wenn nicht Scientology! Ihre Handschrift ist die einer kontaktfreudigen Frau. Eigentlich hat sie zwei Handschriften, eine klitzekleine normale und eine gestelzte, die sie „künstlerisch" nennt.

„Du bist in Dinge verwickelt, die du nicht verstehst", sagte Mandy. „Sie weiß nicht, was sie braucht, und sie weiß nicht, wer sie ist. Wenn die Gedanken dich vereinnahmen, lass sie einfach wegtreiben wie das Wasser im Fluss. Therapie ist langsame Aufbauarbeit. Ich möchte dich gerne von ihr wegbringen. Christine ist nichts für dich. Willst du sie heiraten, willst du Kinder von ihr? – Siehst du, das willst du alles nicht. Deine Träume sind romantisch und kindisch. Es gibt keinen Großen und Starken, der auf dich aufpasst."

„Was bleibt mir dann noch?" fragte ich.

„Die führt dich ins Chaos", sagte Mandy, „sie verwirrt, weil sie verwirrt ist!"

„Das ist der Säugling in uns", war Mandy fortgefahren, „die unselige Vermischung, der Wunsch, die Grenzen zwischen mir und dem Anderen aufzuheben. Das Verfließen, der Fließtext!"

Ich sagte ihr, dass ich das für Zauberei hielte. Gedanken würden nicht dadurch zur Realität, dass man sie ausspreche. – Mein Fall bestürzte Mandy. Er erinnerte sie an die Probleme mit ihrem eigenen Freund. Wir redeten über diesen Peter, den ich schon ein paar Mal in ihren Räumen gesehen hatte.

„Wir werden weiterkommen, wenn du mir mehr über deine Gefühle erzählst", sagte sie. – Ich erwiderte: „Diese verdammte Gefühlslogik! Die körperliche Nähe nützt nicht viel, ich brauche Aufmerksamkeit." – „Als Künstler", sagte Mandy, „auf diesen Köder beißt keiner mehr an. Der Grund liegt in dem Quäntchen Selbstverachtung der meisten Menschen. Was du sagst, ist überhaupt nicht krankhaft. Jeder Mensch phantasiert über den anderen, macht sich Vorstellungen. Unterschiede zwischen Personen gibt es nicht. Man nimmt jede vorige Person in die neue Bekanntschaft mit. Als ob man die Masken wechselte."

„Das ganze Weltdenken ist vernetzt", fuhr sie fort, „jeder schreibt von jedem ab, fälscht alte Gedanken in neue um (die Sprache lässt es ja zu), und die scharfe Begrifflichkeit existiert überhaupt nicht. Die Wörter haben Randbezirke und die fransen besonders an deren

Rändern aus. So kommt man schnell zu anderen Wort- und Begriffskontinenten. Da Begrifflichkeit jeder sprachlichen Welterkenntnis vorausgeht, überschwemmen mal mehr, mal weniger verwandte Begrifflichkeiten das Weltgedankensystem. Einige Bezirke sind abgeschottet, und wenn nach 50 Jahren andere Gedanken in diese Bezirke hineindringen, werden sie oft als neu empfunden."

„Das ganze Weltdenken beruht auf Missverständnissen", sagte ich.

„Ja, es geht nicht anders", sagte Mandy. „Wer diesen Überblick nicht hat, gerät schnell in Verwirrung. – Nichts kann ausdrücken, was in mir vorgeht. Die Sprache ist stereotyp. – Media vita in morte sumus! Mitten im Leben sind wir vom Tode umfangen!"

Jedes Mal streite ich mich mit Christine. Es spitzt sich zu. Im Traum tut mir alles leid. Ich ziehe Christine an mich und drücke sie. Sie lässt es sich gefallen. Ich herze und küsse ihre dünne Gestalt. Denke dabei: Sie wollte doch heute Abend nach Bonn, verschob es dann aber. Christine wird den Zug kurz nach acht nehmen und erzählte etwas von Fischstäbchen. Ich empfinde dabei starke Rührung! – Sie fährt ihr Auto aus dem Eingang meiner Garage, aus dem Auspuff kommen blaue Rauchwölkchen. Christine macht weiter, ohne etwas zu reparieren. Wir verstehen uns nicht. – Ich sage ihr, ich riefe sie gleich aus dem Festnetz noch einmal an. Zu Hause habe ich es vergessen. Ich weiß eigentlich mehr. Ich bin wie sie. Faul, träge, illoyal! Hatte ich durch sie irgendeine Erkenntnis gewonnen? – Hinter Christine steckt ein eisenharter Panzer, härter als der eines Mannes. Man denkt, was sie macht, ist spontan. Aber sie überlegt sehr genau. Sie weiß, dass das Reden in Sätzen nichts bedeutet.

– Was sie macht, ist Partisanenkrieg, Kamikaze. – Die Heimat, der Mutterboden, das Vaterland! – Natürlich: Sie ist eine Freidenkerin mit Pixie-Schnitt und frechem Lächeln, die sich außerhalb aller Konventionen bewegt und sich nicht in Schubladen stecken lassen will. Freigekämpft hat sie sich nicht. – Zeitweilig hatte sie richtige Altfrauenvorurteile.

Sieben

Ist es nicht genug, dass wir einander nicht glücklich machen können, müssen wir auch noch einander das Vergnügen rauben, schreibt Goethe im Werther. Ich trug als Junge am liebsten „Hauptmannsschuhe". Das Selbstbewusstsein des Menschen ist von den Situationen abhängig. – Caren Miosga fragte im Fernsehen: „Müssen wir nicht grundsätzlich umdenken?" – Ich fasse es nicht! – Es ist so leicht, die Sprech- und Denkmodelle anderer vorauszusagen. – Christine fragte mich: „Glaubst du, dass Goethe eine freie Presse gewollt hätte?"

Meine Therapeutin Mandy hat gesagt: „Nicht zu subtil! ES muss einfach alles raus!" – Ich habe keine Lust, in Clausewitz-Kategorien zu denken. – Die Welt ist merkwürdig, weil wir Fallobst sind. – Das Recht? Das hatten sich Begriffsfetischisten ausgedacht! – Aus dem Kopf! Und nicht aus der Wirklichkeit! – Darwin hatte immer einen Affenschädel auf seinem Schreibtisch liegen. – Napoleon sagte über seine Schlachten: „Man fängt einfach ein bisschen an zu kämpfen, und dann sieht man weiter!" Den Satz habe ich mir gemerkt! – Im Grunde denken alle Menschen so. – Der beste Geheimdiensttrick ist es, die Wahrheit zu sagen! – Weiter als bis zur Zahl kommen wir mit dem Denken sowieso nicht. Es wird Überläufer geben, die nicht merken, dass sie Überläufer sind. „Man kann nichts machen!", schreiben die Bohème-Philosophen. Ein Angriff auf das Denken? Western-Kommunikation: Wenn du nicht so bist wie ich, entscheidet der Colt. Aber es gab wenigstens noch das Gesetz: The Law!

Letzten Monat bin ich mit Christine nach Taormina geflogen.

Der Flug nach Sizilien eine Katastrophe, Turbulenzen. Abends in Taormina in einem riesigen römischen Amphitheater freie Tanz- und Ballettvorführungen, lila angestrahlt, mit Musik von Ennio Morricone. Zurück gab es keine Taxis mehr und wir trampten. In Italien wird man sofort mitgenommen. Viele Menschen versuchten sie anzufassen, blieben stehen und schrien: „Ah, Bella!" – Männer und Frauen.

Als ich zur Tür hereinschlüpfte, lag Christine, alle viere von sich gestreckt, auf dem Hotelbett. Während ich mich auszog und unter die Decke kroch, begann sie unvermittelt zu erzählen. Von ihrem ersten Mann, für den sie sich zur Frau entwickelt hatte und für den sie für einen Vierzehnmillionenkredit bei der Deutschen Bank gebürgt hatte. Sie war stolz auf diese Summe und wiederholte den Betrag mehrmals. Ich dachte an die Merkwürdigkeit aller Stimmungen, und alles war leicht. Sie erzählte von ihrem Katholizismus, der jede Beziehung, die man zu verheimlichen suchte, aufspürte.

Das Hotel auf dem Berg gefiel mir nicht. Die Leute waren spießig, und manche Mädchen kamen mir nach bis auf die Toilette. So nahmen wir für die restlichen zwei Wochen eine Etage in einem großen Mietshaus in einer breiten Straße und freuten uns, wenigstens für die kurze Zeit, über eigene vier Wände. Taormina war damals ein fast nur von Einheimischen besuchter Touristenort. Ich kam mir vor wie ein Kosmopolit. Wir fuhren jeden Tag mit der Funivia hinunter zu den Felsen am Meer und sonnten uns.

Christine und ich sehnten uns nicht nach dem Hotelservice zurück, denn in der großen Etagenwohnung konnten wir wirbeln und wirken, wie wir wollten. Ich lachte manchmal über meine eigene Naivität. Eigentlich hätte ich Mitleid verdient. Direkt vor dem Haus zweigten ein paar kleine Gässchen ab, die sich sternförmig ausbreiteten. Alle zweihundert Meter gab es eine kleine Boutique, die Schaufensterchen nicht mehr als ein Meter breit und ein Meter fünfzig hoch. Geschmackvoll dekorierte Frauenkleider, die man weder in Deutschland noch im benachbarten Frankreich bekommen hätte. Ich fotografierte die Schaufenster mit meiner Nikon. Christine machte ein Bild von mir, wie ich mir gerade einen Zehntagebart wachsen ließ. Wir waren braun geworden, und ich hatte ein paar Muskeln bekommen. Abends machte Christine Spagetti und Salat. War es eine Faute-de-mieux-Affäre? Im Streit hatte ich auch schon mal gesagt: „Ich finde noch was Besseres." Die Worte hatten sie gereizt und ihr Tränen in die Augen getrieben. Dann war es also doch keine Faute-de-mieux-Affäre. – Oder? – Bekam man auf so eine Frage jemals eine plausible Antwort? – Abends legten wir uns im Bademantel vor den Fernseher, und lernten ein wenig italienisch, obwohl man uns Hause gesagt hatte, dass das italienische Fernsehen kaum zu verstehen sei. Wir verstanden alles. Christine lebte in der großen Wohnung so selbstverständlich, als wäre es ihre eigene. Zum Strand war es nicht so weit wie von unserem alten Hotel. Aber wenn wir in der Seilbahn hinunter zum Strand schwebten, freuten wir uns darüber, wie gut angezogen und geschmackvoll die Reichen, die hier Urlaub machten, waren. Manchmal glaubte ich, bekannte Gesichter zu entdecken, aber jedes Mal stellte ich fest, dass ich mich geirrt hatte. – Man wacht auf, denkt, man gehört zu keinem Land, raisonniert und stellt am Ende fest, dass man doch zu einem gehört.

Erst Keramikerin, dann Lehrerin, dann Malerin. Sie sprach davon, irgendwann Skulpturen zu machen, männliche und weibliche Figuren. Im Palast Barbarini sollte es eine Venus in Lebensgröße geben, die eigentlich keine Venus war. Christine sagte, diese Statue sei eigentlich ein Faun. Sie würde gerne auch einmal einen griechischen Apoll formen, eine Figur, in der sich die Formen des Frühlings mit der ewigen Jugend vereinigten. An einen Bacchus mit den ausschweifenden Formen des weiblichen Geschlechtes würde sie sich nicht herantrauen.

Ich hatte ihr viel erzählt, und sie benutzte dieses Wissen, um mich zu kontrollieren. Sie wollte keine Auseinandersetzung mit Worten. Ihr war klar: Mann und Frau waren von Anfang an Feinde! Leidenschaft hatte mit Glück nichts zu tun. – Ein Unbekannter tat es auch! Im Nachhinein glaube ich, dass sie ein paarmal versucht hat, mich zu irritieren. – Sie gab Störfeuer ab, wenn sie nichts zustande brachte.

Wir waren jeden Tag am Meer, teilweise war der Strand schon betoniert. Wir schwammen und schnorchelten und aßen in einem der vielen kleinen Restaurants. Wir schnorchelten zum Vergnügen, sahen aber zu unserem Entsetzen, wie andere Taucher mit langen Lanzen große, stachelige Seeigel nach oben brachten. Zwischenzeitlich bekamen wir eine Augenentzündung. Vielleicht hing es damit zusammen, dass in der Nähe eine

Thunfischfabrik war. Das Meer schien nicht sehr sauber zu sein. Wenn ich mich darüber aufregte, öffnete Christine nur den Mund und sagte: „Blablabla!" Wir sollten froh sein, dass wir es so gut getroffen hätten und in einem Ort ohne Massentourismus untergekommen waren. Abends holten wir uns jetzt eine Pizza von gegenüber. Ich hatte jedenfalls gute Erinnerungen an Taormina. Aber als wir am letzten Tag von Catania zurück nach Deutschland fliegen sollten, hatte das Flugzeug drei Stunden Verspätung. Wir sahen es auf dem Hangargelände stehen, wo wir warteten, und die Maschine ließ gerade einen Schwall Benzin ab. Erklären konnte man uns nichts. Auf dem Rückflug gab es wieder Turbulenzen, und man musste einen Umweg über Hannover machen, dort das Flugzeug wechseln, und dann ging es erst zurück nach Frankfurt. Die hundert Kilometer zurück nach K. fuhren wir mit meinem kleinen, weißen Peugeot, den ich bei meinem Onkel in Frankfurt untergestellt hatte. Auf der Autobahn feuerte mich Christine an, schneller zu fahren, und legte dabei ihre Hand auf meinen Oberschenkel. Sie wollte so schnell wie möglich zu ihren Eltern. Ich musste noch mit hinein und mit ihren Eltern essen. Ich war nett zu allen, aber die Unterhaltung war banal. Was hätte ich sagen sollen? Das Fotoalbum wurde hereingebracht, und ich sah Christine als kleines Kind, als Schülerin, als Reiterin auf einem schlanken Pferd und als fast erwachsene junge Frau. Man versuchte mich auch ein bisschen auszufragen.

Schließlich landete ich um drei Uhr morgens im Bett. Ich träumte, ich sei bei einem alten Professor, einem kulturkritischen Schreckgespenst, eingeladen, und zwar in L., wo ich zwei Jahre als Lehrer verbracht hatte. Ich fuhr, zusammen mit meiner Schwester, in einem Triebwagen zurück. Dort gaben uns zwei Frauen die Fahrkarten. Die eine fragte, ob sie von ihrem Handy kurz telefonieren dürfe. In dem Telefonat, dem wir zuhörten, sprach sie mit einer Apotheke, in der sie diese Nacht Nachtdienst machen sollte.

Acht

Christine hat mich zu einem Künstlerfest in B. eingeladen. B. auf der anderen Rheinseite ist schön. Die lange Durchgangsstraße, die vielen Kebap-Buden und der Schreibwarenladen, in dem meine Tante vor zehn Jahren einmal bedient hatte. Direkt hinter der Ampel ging es zum Schloss, man fuhr daran vorbei und auf dem gewundenen Sträßchen das Wiedtal hoch. N. ist ein langgezogener Ort, in dem ich einige Künstler kannte. Viele aus der Keramikindustrie in Höhr waren hierhin abgewandert und privatisierten mit einem kleinen Kunstatelier. Jeden Samstag gab es irgendwo eine kleine Party, und es war nicht einfach, auf eine dieser Feten eingeladen zu werden. Ich war in eine dieser düsteren altmodischen Prunkbauten geladen, von denen es in N. nur zwei oder drei gab. Es gab Schnittchen, Putenbraten und Champagner. Ich setzte mich auf ein Sofa, aber die Polster schienen unter mir zu zerfallen. Von den Künstlern kannte ich niemand. Ich interessierte mich auch nicht für die knotigen Figurinen, die man Christine dort hatte ausstellen lassen. Es mussten Franzosen da sein, denn einer schrie: „C'est très agréable!" Ich lächelte alle an. Niemand fragte mich, wer ich war. Aber ich hatte das Gefühl, dass man sich mein Gesicht eingeprägt hatte und dass ich jetzt schon ein bisschen zur Szene gehörte.

Ich wurde auf eine Party nächste Woche gebeten, weil ich mit Christine da war. Eine junge Frau ging herum und bot Sandwiches an. Es waren Toastbrotscheiben mit ein paar Lagen Salat und Schinken. Der Champagner war billig, und ich sah, nicht weit, ein paar Flaschen Tönissteiner auf Eisklümpchen. Jetzt fing die Atmosphäre an, mich zu interessieren. Ein Junge und ein Mädchen mit Saxofon und Gitarre spielten Take Five von Dave Brubek. Christine wippte mit dem ganzen Körper, der trotz seiner Schlankheit etwas Kürbishaftes hatte. Take Five war eines der Stücke, die ich am liebsten mochte.

Ein Mann fragte mich, wo ich wohne. Er hatte etwas Grobes. Ich schämte mich, dass der Typ mich angequatscht hatte. Ich fragte Christine, was sie darüber dachte. Aber ihr lag daran, mich an der Nase herumzuführen. Ich dachte: wenn ich ein gut geschriebenes Buch gelesen hätte, hätte ich mich besser unterhalten als in dieser Halle. Ich hätte sie am liebsten ausgeprügelt. Sie würde einmal verantwortlich gemacht werden für das, was sie tat. Wenn ich einmal eine Bemerkung über ihre Freunde machte, sagte sie, ich sei eingeschränkt. Ob das bisschen Verstand, dass ich besäße, überhaupt zum Anschlag komme? – Ich wusste, dass Christine sich auf getimte Kommunikation verstand und dass sie versuchte, dem Herz seine Stille zu rauben.

Der Traum von heute Nacht fiel mir wieder ein. In dem Traum war ich mit dem Auto unterwegs und kam nachts in einem großen Hotel an. Mit Gepäck! Im dritten Stock war noch eine Betthälfte frei. Im Bett lag eine Frau mit Wuschelkopf. Ich dachte: Wer kann das sein? – Sie scheint nicht mal zu schlafen. Sie berührte meinen Spann mit ihrem Fuß. Ich wandte mich ihr zu, aber es passierte, trotz ihres Wunsches, nichts.

Mein Gott, ein solcher Traum! Was hatte der zu bedeuten? – Ich war mir doch darüber klar, dass ich diese Frau nicht mehr wollte.

Aus dem Pulk der Sekttrinker sprang ein Mann in schwarzen Jeans und schwarzem Hemd auf Christine zu und umarmte sie.

„Warst du in Urlaub?"

„Bin gottseidank wieder im Westerwald", sagte Christine.

„Hättest du nicht Lust, ein paar deiner Bilder unter anderem Namen zu verkaufen? Das Zehnfache!"

„Du meist fälschen", erwiderte Christine. Der Mann trug zu seiner Kluft spitze, schwarze Schuhe.

„Wir haben auch schon einen Namen für den Schöpfer, Christine. Ortwîn soll er heißen. Braucht ja niemand zu wissen, dass Ortwîn eine Frau ist. Was nimmst du für deine Bilder?"

„So um die zweitausend", sagte Christine.

Sie trank zu viel, und wenn sie betrunken war, war sie in der Lage, alles Mögliche anzustellen. Ich traute ihr zu, dass sie auch in meine Wohnung eindrang.

Christine drehte sich herum und quatschte dem Mann etwas ins Ohr. Der Mann erwiderte: „Nicht zu lange!" Dann ging er hinüber zu seinen Kumpanen, die immer noch in einem Knäuel um die Sektkübel herumstanden, und verschwand schließlich im Gewühl.

Als ich am nächsten Tag, am Nachmittag auf Christines Hof vorfuhr, standen dort drei Farbflächen an die Mauer gelehnt, alle mit dem Namen Ortwîn signiert. Christine saß in ihrem Wohnzimmer, das gleichzeitig Atelier war, und sagte: „Du kannst dir nicht vorstellen, wie seltsam es ist, unter diesem komischen Namen zu malen. Ich male schon wie ein Mann."

„Vielleicht bist zu einer", sagte ich.

„Wir müssen Ortwîn eine Chance geben", erwiderte sie, „es wird gar nicht lange dauern, dann werden die Leute Ortwîn akzeptieren. Aber wenn es herauskommt, bin ich ruiniert. – Soll Ortwîn sich entwickeln? Werden seine Bilder sich verändern? Wo ist der Mensch, der immer weise handelt?"

„Vielleicht geht es für fünfzigtausend weg", sagte der Aufkäufer, *„man muss die gemeine Bahn verlassen, sich zu erheben. Gott aber kann kein Mensch betrügen."*

„Begriffe", sagte Christine, „es gibt zu viele, und alle kann ich wählen."

„Ich möchte eine neue Republik", sagte ich, „und wenn ich sie hier nicht finde, eröffne ich sie in den Wäldern Patagoniens."

„Das gibt es hier nicht", sagte Christine.

„Warum nicht?" sagte der Aufkäufer.

„Begriffsklitterer aller Länder vereinigt euch!" sagte ich.

„Ich würde gern mal ein Heiligtum schänden", sagte der Aufkäufer, „dann hätten wir alle Begriffswelten erledigt. Und die Leute müssten sich fragen, warum!"

„Überlegte Erkenntnis ist Scheiße", sagte Christine, „man geht lieber in die Psychiatrie, in die Krankheit, in den Tod, als seine Verrücktheiten aufzugeben."

Wenn man Christine länger an sich heranließ, zog man sich alles Mögliche zu! – Sie war ein paar Mal zu meinen Ärzten gegangen und hatte dort Randale gemacht. Sie sprach von verbrannter Erde, ein Grufti, das sich schwarz anzog. Ich bekam Ausschlag an Armen und Beinen, wie mein Vater, als er in der kurzen Zeit, als meine Mutter noch Lehrerin war, das Mittagessen warm machen musste. Ich habe immer gelebt, als habe Geld in meinem Leben keine Rolle gespielt. Aber es hatte, in meinen frühen Jahren eine gewaltige Rolle gespielt. – Die ganze Selbsterkenntnis Werthers! Aber hatte die ihm weiter geholfen? – *Sie kann mit mir machen, was sie will!* hatte Werther geschrieben.

In der Halle ging das Licht aus. Wahrscheinlich hatte jemand am Verteiler herumgespielt oder es war ein Unwetter. Jedenfalls lagen sich in der Dunkelheit plötzlich Leute in den Armen, die vorher nicht zusammengehört hatten.

Die Dicke schrie im Dunkeln: „Ich bin hier das Männchen!" – Christine lachte laut.

Das Licht ging wieder an, wir quatschten noch eine Weile und zogen dann in eine Kneipe nebenan.

„Glaubst du, du könntest einer Psychoanalytikerin die Liebe austreiben?" hatte Mandy, meine Psychologin, zu mir gesagt.

Jetzt habe ich also doch eine Psychologin.

Neun

Lotte Buff hatte kurz überlegt, Goethe auf ihre Warteliste zu setzen. Aber er war zu kurz im Lande. Sie machte sowieso, was sie wollte. Schrecklich schöne Worte hatte der junge Charmeur gesagt: „Meine Kleine (so klein war sie nicht), das Wort immer, Nacht, einige Zeit, Wetzlar, Frankfurt usw. …" – Sollten sie alle ruhig etwas ahnen, beweisen konnten sie nichts! – Lotte wusste, dass nach ihrem Tod die Welt zu existieren aufhörte und sie Kestners Sorgen eigentlich nichts angingen. Sie sang ein kleines französisches Liedchen: *Seul sur l'étoile.* – „Am Ende fällst du dabei rein", hatte Kestner zu ihr gesagt. – Wetzlar mit seinem wuchtigen Gotteshaus. Das hatte Goethe sofort gefallen. Sie waren einmal nach Garbenheim gewandert, ohne viel zu reden. Und plötzlich hatten sie beide es nicht mehr ausgehalten und sich unter diese große Weide gelegt, die am Schluss des Werther überschwemmt wurde. Mehr hatte er in seinem Buch nicht zu sagen gebraucht. Er hatte etwas in ihr erreicht, was sie selbst nicht kannte. Er zitierte Spinoza: *Als sei der Mensch ein Staat im Staate der Natur, und nicht auch Natur!* – Das hatte sie völlig überzeugt. So sah sie es auch. – Sie argumentierte mit ihrem Glauben. – Goethe erwiderte, die Dogmen der Kirche seien das Korsett-Wahlbein ihrer Seele. Mitten im Gespräch hatte Goethe mit seinen braunen Augen geflattert, da war sie gleich dabei! – Nichts hätte sie leichter überzeugen können! Sie hatte neunzehn Jahre ihres Lebens Anordnungen befolgt. Es war wie Ferien: leicht und ohne Bedauern. Manchmal bestand ihr Gehirn aus Hühnerfutter. Die kleine Närrin, die das mit sich hatte machen lassen, war nicht sie gewesen. Sie erinnerte sich daran, dass sie gestern zu Goethe gesagt hatte: „Nie!" – Jetzt sagte sie: „Gestern ist nicht heute!" Zuckersüß, wie ein Hauch ihres leicht hessischen Idioms. – Goethe hatte ihr auch von der Bamberger erzählt, und sie hatte gelacht: „Bei der ist man von der Liebe kuriert!" Wenn sie Goethe zwei, drei Tage nicht sah, war sie reif zum Eingesperrtwerden. Und alle diese Kerle wollten, dass man sie verstand. Sie hatte versucht, ihn in ein Gefühlslabyrinth zu führen. Aber sie hatte es nicht geschafft. – Und dann plötzlich: Goethe war weg. – Es war traurig und nicht mehr zu ändern. Dieses Elend, dass man Sünde nannte. Im Grunde hatte sie sich wie eine dumme Gans verhalten. Kestners Stimme klang in ihren Ohren wie die des Dorfgendarmen. – Kestner hatte zu Goethe gesagt: „Ich will, dass sie das bleibt, wofür ich sie halte!" – *Alabasterkörper!* – Das musste Goethe in einem Roman gelesen haben. Sie hatte ein seltsames Gefühl dabei gehabt, wie schwindelig. – „Mach mit mir, was du willst", hatte sie zu ihm gesagt. Allein das zu sagen, war befriedigend. Sie glaubte ihm nie, jedenfalls nicht ganz. Sie hatte ein schweißnasses Gesicht. Es war außerordentliche christliche Kameradschaft. – Wenn jemand sie sah! Wenn sie wollte, fand sie sich mit allem ab. Was sie taten, war normal. – Eifersucht war eine Universalie. Kestner fragte manchmal wie die Geheimpolizei. Das hier mit Goethe war nicht für immer. – Verdorben? – Nie! – Wie viele Mädchen sich vor ihm in Szene setzten. – Wenn sie mit Kestner nach Hannover ging, bliebe ihr Ruf sowieso hier zurück. – Kestner hatte sich ein blühendes Sommergewächs leisten wollen. Jetzt musste er sehen, wie er damit zurechtkam. – Lotte Buff kannte trotz allem ihr Maß. – Sie war unkompliziert, und das war fast das Gleiche wie Schönheit. – Ab und zu sagte sie Goethe, sie lasse sich seinetwegen die schlimmsten Übertretungen zu Schulde kommen. – Und so hatte man tagsüber die Höhenflüge und abends die schönen, philosophischen Gespräche zu dritt.

Zehn

Christine war bei ihren Rot-Bildern geblieben. Jetzt gegenständlich. Unbekleidete männliche Figuren, die in der Linken etwas halten und in der Rechten eine Art Streitkolben, der mit Splittern besetzt ist. Keine weiblichen Figuren und im Hintergrund eine kleine Schüssel mit Früchten. Sie war schon einmal im Herkulaneum gewesen und hatte sich dort eine Menge Anregungen geholt. Eine androgyne Figur hatte sie nur in Umrissen gemalt. Sie sagte, die Figur stelle Jason dar, der nach dem Goldenen Vlies suche. Neben ihm steht ein anderer, kaum erkennbarer Mann. Sie sagte, das sei Achill. Der schäme sich dafür, dass ihm sein Musiklehrer das Plectrum zum Schlagen der Laute, die er in der Hand trug, entrissen habe. Die Farben waren weich und duftig. Es war eins ihrer besten Bilder.

Ihre Bilder wurden immer besser. Sie kopierte drei oder vier unbekannte Bilder, die man bei Herkulaneum gefunden hat und die kaum von den Originalen zu unterscheiden waren. Hätte man die chemische Zusammensetzung der Farben überprüft, hätte ihr der Coup nicht gelingen können. Das schönste Bild zeigte vier weibliche Figuren mit einem violetten Kopftuch, das an den Rändern fast grün ist. Der Rock fleischfarben. Ihre Füße stehen, zum Zeichen der Würde, auf einem Fußschemel. Die Frau, die ihr die Haare kunstvoll zusammensteckt, sieht man nur im Profil. Auf einem kleinen niedrigen Tisch mit drei Füßen neben ihr steht ein kleines Kästchen. – Christine hatte die Beschreibung dieses Bildes in Winckelmanns Geschichte der Kunst des Altertums gefunden und war nach Herkulaneum geflogen, um es zu kopieren. Vielleicht war es Fälscherehre, aber angesichts ihrer Ergriffenheit hatte das vielleicht gar nichts mehr mit ihr zu tun.

Auch zwei nackte männliche Figuren mit einem Pferd kopierte sie. Die Idee wieder von Winckelmann. Das Bild wirkte wie mit kriegerischer, roter Farbe übergossen. Die Lehnen des Stuhls, auf dem die Nymphe sitzt, schmücken zwei kleine Friese. Der zweite Mann scheint etwas zu erzählen, ein Bein über das andere geschlagen. – Als die Aufkäufer die Fälschungen sahen, waren sie genauso ergriffen wie ich, so dass Christine und ich ein Jahr ohne Geldsorgen hätten verbringen können. An der Côte d'Azur.

Der Werther-Roman musste eine Annonce gewesen sein. An wen? – An den Adel!

Quae medicamenta non sanant, ferrum sanat, quae ferrum non sanat, ignis sanat. – Der Satz stammt von Hippocrates und ist das Motto von Schillers Räubern. Können Kunstfälscher so ihre Ideologie verteidigen? Dann stürzt die Welt in den Anarchismus. Freiheit war die erste Ursache der Kunst, habe Winckelmann gesagt.

„Und du?" sagte Christine, „hat das, was Winckelmann hervorgebracht hat, irgendetwas mit dir zu tun?" – Ich zitierte Winckelmann: *Homerus vergleicht die Geschwindigkeit der Juno im Gehen mit den Gedanken eines Menschen, mit welchem er durch viele entlegene Länder, die er bereist hat, durchfährt, und in einem Augenblicke sagt: ‚Hier bin ich gewesen, und dort war ich.'* Was willst du dazu sagen? Mehr gibt es doch nicht. – „Die Kunst arbeitet nicht für den Verstand, sondern für die Sinne", erwiderte Christine, „sie will die Materie überwinden." – Einer der Aufkäufer, der mit halbem Ohr zugehört hatte, sagte: „Es muss einfach gut sein, dann kaufen es die Leute."

Ich hatte keine Lust zu reden, weil ich wusste, dass Gerede an jeder Kunst vorbeiging. Ich wusste aber auch, dass Christine nicht nur mit ihren Bildern Wahnideen in andere Köpfe blies. Sie hatte mir einmal Schirrmachers *Methusalemkomplott* geschickt, um mir zu zeigen, dass sie im Alter mit mir zusammenbleiben wollte. Mit unklaren Botschaften konfrontiert, wird man selber zur unklaren Botschaft. Christine roch, schmeckte und hörte, was sie sah. Ich hatte es in den ersten Jahren nicht bemerkt. – Mir war alles Zweideutige zuwider. Dass ich es überhaupt aufschreibe. Es ist ihr gleichgültig, ob ich es bemerke. – Ich wunderte mich, dass sie sich überhaupt auf diese Diskussionen eingelassen hatte. Normalerweise versuchte sie, ihre Meinung durch Winke, Verstummen und Handzeichen kundzutun. Ab und zu blendete sie kleine Lügengeschichten ein. – Ich sagte zu ihr: „Denk nicht, dass das, was in meinen Büchern steht, meine Überzeugung ist. Es ist das, was ich längst hinter mir gelassen habe."

Elf

Kestner hatte Goethe in seinem Tagebuch richtig beurteilt. – Er war ja nicht dumm. – Wenn man Robert Steiger folgt, der Goethes Leben Tag für Tag in acht dicken Bänden dokumentiert hat, waren Goethe und Lotte Buff so gut wie jeden Tag zusammen. Spaziergänge, von denen sie Kestner oft wie zufällig ausschlossen. Er musste auch arbeiten. Kestner schreibt in sein Tagebuch: *Er liebt sie, und ob er gleich ein Philosoph ist und mir gut ist, so sieht er mich doch nicht gerne kommen.*

Dass Goethe sich getraut hat, in einer Verlobung als Rivale aufzutreten. – Vielleicht war es auch ein Arrangement zwischen beiden. Kestner wusste, dass er das Arrangement brauchte (*dreingreifen, packen ist das Wesen jeder Meisterschaft*, hatte Goethe am 10. Juli 1772 an Herder geschrieben). Kestner hatte Buchwissen, Goethe und Charlotte Buff waren der Alltag. Goethe wanderte mit Lotte ins zwei Kilometer entfernte Atzbach, wo Lotte eine junge Frau pflegte. Am Abend brüstete sich Goethe in einem Brief an Kestner mit diesem Spaziergang: *Allein, doch nicht allein.* – Es sprach sich herum. Goethes Schwester schickte dessen Freund Merck nach Wetzlar, um Goethe fortzubringen. Merck erreichte nichts, und Goethe war bald wieder in Wetzlar.

In einer Rezension vom 1. September 1772 hatte Goethe in einer Rezension über einen literarischen Konkurrenten geschrieben: *Seine Mädchen sind die allgemeinsten Gestalten, wie man sie in Sozietät und auf der Promenade kennenlernt.* Gerade solche Mädchen mochte Goethe.

Kestner wird immer misstrauischer: *Lotte sagte, sie wolle* [am Sonntag] *etwas weiter als gewöhnlich spazieren.* Kestner bricht einen Streit vom Zaun. – Er hält Lotte vor, *dass Wetzlar auswärts in so üblem Ruf sei, besonders das Frauenzimmer.* – Kestner versuchte, was in seiner Macht stand (ohne zu weit zu gehen). – Nachrichten von Lotte, ihrem Innenleben, bleiben in den dreieinhalb Monaten von Goethes Wetzlar-Aufenthalt merkwürdig blass. Goethe schreibt an Lottes fünfzehnjährigen Bruder Hans: *Sie haben mir eine gute Zeit so nahe gelebt als ein Vetter **und mehr vielleicht***.

In Lottes und Kestners Ehe muss es auch nach dem Umzug nach Hannover immer wieder gekriselt haben. Der Briefwechsel der Zeitgenossen Luise Mejer mit dem Intellektuellen Christian Boie gibt ein bisschen Aufschluss. Als Luise Mejer ihre Zeilen schrieb, musste die Ehe zwischen dem fast vierzigjährigen Kestner und der achtundzwanzigjährigen Lotte, mit ihren fünf Kindern fast zu Ende gewesen sein.

Lotte hatte in Hannover Zuflucht bei dem Diplomaten und Schriftsteller Basilius von Ramdohr gefunden. Ihre erste Zuflucht? Kestner war wochenlang abwesend, und Ramdohr schien für die junge Frau eine Art Paartherapeut und Liebhaber zugleich zu sein. Wie Goethe für beide in den dreieinhalb Monaten in Wetzlar.

Luise Mejer schrieb am 24. August 1781 an Boie: *Ich verteidigte und entschuldigte sie beide* [Charlotte und Kestner vor Ramdohr], *musste aber Szenen hören, die ich für Dichtung hielt, bis mir Ramdohr sagte, ich könne der Kestnern alles wiedersagen. Albert* [so heißt Kestner im Werther] *hat meine Achtung verloren. Lotte bedaure' ich, dass sie so ganz alles weiblichen Stolzes vergessen.* Und auf der nächsten Seite: *Alberts Betragen ist so dumm, dass ich gar nicht davon schreiben mag.* Basilius von Ramdohr (1724-1782), hat viele Essays und das Trauerspiel Kaiser Otto III. geschrieben. Luise Mejer schreibt: *Ramdohr hat sich selbst in dem Charakter des Kaisers Otto geschildert. Stefania ist zusammengesetzt das Bild der jetzigen Blumenbachen und meiner Kestnern. [...] Die Kestnern hat in Ramdohrs Abwesenheit Brandes zum Freunde gewählt.* – Wenn man in Ramdohrs Trauerspiel *Kaiser Otto III.* blättert, bekommt man einen Eindruck davon, was sich vielleicht schon in Wetzlar unter Kestners *glatter Außenseite* getan hat. Vielleicht hatte das Brodeln in Wetzlar und Garbenheim gar nicht erst in der Werther-Zeit begonnen.

Ein kurzer Auszug aus dem Anfang des Theaterstücks.

BERTA: [...] Du sagtest ihm Treue zu. Aber die Aufopferung dieser Treue erhielt ihn allein beim Leben.

STEFANIA: [...] Was mich irr führte; weis ich allein. Aber sieh! Mein verworfenes Herz macht sich keine Vorwürfe mehr über sein Laster. Es ist mir teuer; es macht mir allein den Tod schwer! – Berta! Du liebst nicht! Du kannst sterben. Was hast du zu verlieren? – Gleichgültigkeit! Gleichgültigkeit ist deine Ruhe, nicht Vorzug der Unschuld! [...]

Ja! mein Gemahl mag an der Spitze des Volkes hereindringen, mich unter die niedrigsten Sünderinnen reihen, mich durch alle Möglichkeiten zu erdenken der Marter zum Tode schleifen. Ich wills ertragen. Ich habe durch Otten gelebt, ich will für ihn sterben. In seinem Herzen werd ich immer leben. Nicht, Berta, nicht?

Ramdohr war offenbar ein solcher Hausfreund wie Goethe zehn Jahre zuvor.

Wenn es stimmt, was Luise Mejer am 17. August 1791 an Boie schrieb, hatte Lotte vielleicht in Wetzlar schon so gelebt wie 1781 in Hannover. Goethe schrieb im Urmeister über Philine: *Sie hatte von früher Zeit an mit einem unglaublichen Leichtsinne dahingelebt.*

Welche Schuldgefühle müssen Lotte Kestner schon in den dreieinhalb Monaten Wetzlarer Zeit umgetrieben haben, als sie noch Lotte Buff hieß. Wie alle drei Beteiligten die Fassade gewahrt haben. – Alle Menschen verstehen sich auf Symbole. Goethe und Kestner haben alles gewusst. Die Nachbarn gifteten. – Vielleicht hatte Lotte Buffs Beziehung zu Goethe dazu geführt, dass ihre Hochzeit mit Kestner so schnell zustande kam. Goethe hatte geschrieben: *Fluch sei auf dem, der sich versorgt, eh' das Mädchen versorgt ist, das er elend gemacht hat.* – Goethe hatte Lotte versorgt, indem er aus ihr und ihrem Mann eine globale Berühmtheit machte, die überall, wo sie hinkamen, geliebt und angestaunt wurden. – Was die Worte Goethes *allein, doch nicht allein* in Goethes Brief an Kestner anging, erklärt vielleicht eine kleine Episode im Wilhelm-Meister-Roman: *Es ist Nacht, man liegt im Bette, es raschelt, man schaudert, die Türe tut sich auf, man erkennt ein liebes pisperndes Stimmchen, es schleicht was herbei, die Vorhänge rauschen, klipp! klapp! die Pantoffeln fallen, und husch! man ist nicht mehr allein.* – Alles mit einem kleinen Vielleicht versehen. Kestners Brief vom 22. April 1788 bezieht sich wahrscheinlich auch auf die Wetzlarer Zeit. Konnte er noch deutlicher werden?

Goethe hatte in seinem Abschiedsbrief an Lotte Buff Oliver Goldsmiths Roman *Deserted Village* für Kestner beigelegt und ihm das Buch mit folgenden Worten gewidmet: *Wenn einst nach überstandnen Lebens Müh- und Schmerzen / das Glück dir Ruh und Wonnetage gibt, / vergiss nicht den, der – ach! von ganzem Herzen, / Dich, und mit dir geliebt.*

Zwölf

Christine malte Bilder, die ihre früheren so weit übertrafen wie das Pferd den Esel. – So hätte Winckelmann es ausgedrückt. Dieses hier war ein Traum von einem Bild.

Der Aufkäufer sagte sofort: „Das geht für vierzigtausend weg!"

Christine sagte: „Ich will aber mehr!"

„Du weißt hoffentlich, mit wem du dich eingelassen hast."

„Wo ist der Mensch, der immer weise handelt?" sagte Christine.

„Vielleicht geht es für fünfzigtausend weg, *man muss die gemeine Bahn verlassen, sich zu erheben. Gott aber kann kein Mensch betrügen.*" Von einem Aufkäufer!

„Ich würde gern einmal ein Heiligtum schänden", sagte Christine, „dann wären die Begriffswelten erledigt. Die Leute müssten sich dann fragen, warum! Und die Begriffswelten gäben doch keine Antwort. Selbst die Bohèmephilosophen wüssten keine."

Die Haut meines Romanhelden Dingo, den ich in einer Kunstsprache geschrieben hatte, glänzte wie die eines Fischotters. Ich wusste nicht, wo ich diesen Satz herhatte. Vielleicht aus den Träumen vor dem Einschlafen. Man braucht auch nicht zu wissen, wie die Wörter in den Kopf kamen, man schrieb sie einfach auf. – Sie lügt mich fest und entschieden an, dachte ich, in fast allen Dingen. Ich fand es merkwürdig, dass die Auslegung des Evangeliums genauso seltsam war wie das Evangelium.

Ich hätte Christine aus den finanziellen Verstrickungen ihres Elternhauses herausholen und in meine Welt bringen müssen. Vielleicht wäre sie doch eine gute Lehrerin geworden. Aber sie hatte vor, ihre neue Bilderfirma von unten bis an die Spitze zu durchlaufen. Christine sprach vom „Schweigen der Sirenen". Ich glaube, das war Kafka.

„Kreativität ist wichtiger als Sex", sagte Christine. – „Red nicht so obszön", sagte ich. – „So leicht gehe ich nicht in die Falle", sagte Christine, „außerdem bin ich monogam." – „Es gibt auch zu viel Monogamie", sagte ich.

„*Gegen die Unempfindlichkeit gibt es kein Mittel*", sagte Christine. „weißt du, was Winckelmann über Bernini sagte? *Seine Figuren sind wie der zu plötzlichem Glücke gelangte Pöbel.* Ich hoffte, dass Winckelmann nicht recht behielt, als er schrieb: *Der Geist der Freiheit war aus der Welt gewichen und die Quelle zum erhabenen Denken und zum wahren Ruhme war verschwunden.* – Und über die Ära Hadrian schrieb er: *Die Gelehrsamkeiten und die Beredsamkeit, welche durch bezahlte Redner gelehrt wurde, war meistens Sophisterei.* – Was ich gesagt habe, beweist durch unmittelbare Evidenz, dass dieses Rot-Bild keine Fälschung ist."

Christine sagte: „Glaubst du, ich habe vor, dir auf allen deinen Wegen zu folgen? Was nützt das alles gegen meine Tierintelligenz?" Im Guten kam ich nicht mit ihr auseinander!

Christine glaubte an die Klassengesellschaft. Sie putzte, wusch und kochte für mich an manchem Abend. Manchmal kam ihr Bruder mit und half ihr dabei, obwohl ich das nicht wollte. Der Bruder hatte sich nach einer Geburtstagsparty auf der Wiese eng an seine Schwester gedrängt. Er hatte Angst, dass sie plötzlich seine Denkweise nicht mehr teilte. Christine war Künstlerin, ich war Künstler.

„Wenn Not am Mann ist, fang was mit einer Frau an", sagt der französische Krimiautor Sebastien Japrisot. Aber die Rivalität nicht ins Bett tragen." Christine hatte, wie Lotte Buff, mehr zu bekennen, als sie zu bekennen vorgab.

„Dir hat man das Innenleben wegrasiert", sagte sie zu mir, „Duldungsstarre! Jede Überzeugung kann sich ändern!" – Ich verdankte ihr allerhand! Zahlreiche Hautausschläge, und ein paar Knochenbrüche, als ich, zu sorglos, hingeschlittert war. Dreimal die Kellertreppe hinunter, wo ich mir beide Daumen gebrochen hatte. Sie arbeitete mit NLP, von mir gelernt. Sie sprach immer wieder davon, sich mit jemandem „kurzzuschließen". – Eine Gabe, die man nur durch die Geburt oder ein Trauma erhalten konnte. Ihr Bruder hatte gesagt: „Mein Vater hätte keine Kinder in die Welt setzen dürfen." – Das war weise Voraussicht, Selbsterkenntnis, aber auch latente Drohung. Ihr Vater, über dessen Leben ich nichts wusste

...

Dreizehn

Am Vortag hatte ich geträumt. Ich käme in meine Wohnung zurück und fände einen Einbrecher, ein schmales Bürschchen. Viel konnte er nicht mitgehen lassen. Als ich im Traum ins Haus kam, sah ich, dass die Rückwand meiner Kommode, die im Flur steht, abgerissen und die Kommode ganz ausgeräumt war. Auch das Telefon war zerlegt. Ich ging nach unten und im Eingang standen zwei schwarze Autos. Die Autos waren bucklig und hatten auf dem Nummernschild ein AX oder etwas Ähnliches. Die beiden Eindringlinge standen neben ihren Autos. Warum waren sie nicht weggelaufen? Die Einbrecher waren dreist gewesen. Auch meine wirkliche Wohnung war nicht richtig gesichert. Die zwei buckligen Autos waren Christines schwarzer Up. Sie muss bei ihrem Einstieg wirklich geklaut haben. Sie wollte sagen: Ich kenne dich und deine ganze Vergangenheit! Staatskunst, dachte ich. – Rudolf Borchardt hatte in seinem Roman *Dantes Vita Nova* geschrieben:

So zog ich in mich selben solche süessigkeit, dass ich als trunken von den leuten gieng und nahm zuflucht zu der einsamen stätten meiner kammern, stille zu denken allda dieser Höfelichesten.

mit dieser frauen hehlete ich mich etlich monat und jahr; und auf dass ich die leute so leichter des glaubens machete, so machete ich für sie etlich stücklein reimweis.

Christine fragte: „Was ist mit dir los?" Sie las immer etwas vom Gesicht ab. Irgendetwas zersprang. Ich starrte in ihre braunen Augen, die immer noch misstrauisch blickten, auf die gezupften Augenbrauen und ihre Iris, kleine Kugeln aus dunklem Gelee mit einem schwarzen Punkt darin. Waren die Augen wirklich das Fenster zur Seele? Im Augenblick waren ihre Augen nur eine Spiegeloberfläche. Es war, als wäre sie mir plötzlich entglitten. Das, was man Beziehung genannt hatte, war eine Illusion. Ich griff nach einem der Sektgläser, die immer noch vor uns standen und goss das Glas, das inzwischen warm geworden war, herunter. Ich wusste nicht, was mit mir los war. Vielleicht war es die Hitze in der Halle. Christine begann, mir von den Beziehungsgeflechten zu erzählen, die sich zwischen all den Frauen und Männern, die hier versammelt waren, abgespielt hatten und sich noch abspielten.

Mir fiel ein Tag im Spätsommer ein. Ich muss ungefähr elf Jahre alt gewesen sein. Wir saßen auf dem Rasen, direkt vor der Gartentür und aßen zu Abend. Mein Vater, dessen Genossenschaftsbüro im Haus war, blickte mich kalt an, und ich ballte die Hand in der Hosentasche, denn ich hatte am Vortag auf dem Weg zur Schule einen verrosteten alten Schlagring gefunden und eingesteckt. Es schien, als wären meine Kräfte gewachsen. – Einen Tag später war der Schlagring weg. Mein Vater musste gespitzelt und ihn in meiner Hosentasche gefunden haben. Ich sprach ihn darauf an, und er sagte, er wolle so etwas nicht im Haus haben und habe ihn in das große Wasserbassin geworfen, das direkt neben dem Genossenschaftsbau zum Löschen angelegt worden war. Ich hätte einen Hang zum Verbrecher. Ich war elf Jahre alt, und mein Stolz über das schöne, viergliedrige Ding, mit dem man sich wehren konnte, war plötzlich weg. Ich hasste. – Man war nicht

Herr über seine Empfindungen. Die Kräfte, die mir der Besitz dieses Schlagrings verliehen hatte, hätte ich brauchen können. Wäre ich älter gewesen, hätte ich darüber gelacht. Hatte mein Vater Verstand? Ich war elf Jahre alt. Mein Vater hatte eine gelassene Außenseite, aber in ihm brodelten die Anstrengungen, nach seinem Berufswechsel in der Wirtschaft wieder festen Fuß zu fassen. Für mich bewies der Vorfall, dass er ein Angsthase war. Ich hatte schon ein paar Mal versucht, von zu Hause wegzulaufen. Wenn ich nur gewusst hätte, wohin. Nichts preisgeben, dachte ich. Meine Eltern hatten mit mir nichts zu tun. Es hatte keinen Sinn, vor der Wahrheit die Augen zu verschließen. Ich hatte früh gelernt, zu lügen und setzte eine aufmunternde, freundliche Miene auf. Es war Altklugheit. – So empfand ich eben. Seine Verirrungen kann man sich nicht einmal selbst gestehen.

„Du weißt, dass ich Lehrer an einem Gymnasium bin", sagte ich zu Christine. „dienstliche Beurteilung! Da beurteilen dich Leute, die nicht ein Hundertstel von dem sind und wissen, was du bist oder weißt."

„Das ist in jedem Betrieb so", sagte Christine, „du darfst dir das, was diese Leute sagen, nicht zu eigen machen. Du musst ja Geld verdienen. Und deine Schüler?"

„Ich sehe die Arbeit als Verpflichtung an! Meine Schwester ebenso. Wir haben zusammen studiert."

„Vielleicht ist das der Grund, warum du nicht geheiratet hast!" sagte Christine. „Gegen die Unempfindlichkeit gibt es kein Mittel. Kein Studium hilft uns und es gibt auch kein Lexikon, in dem man nachschlagen kann. Wenn der Begriff der Schönheit so unklar ist, haben es Fälscher leicht, wenn sie begabt sind."

Vierzehn

Nach dem Gespräch in der Halle ist Christine nach New York geflogen. Sie sollte ein paar Bilder im Museum of Modern Art ausstellen. Die Bilder kamen mit dem Flugzeug nach, und als sie am Abend nicht da waren, verließ Christine ihr Hotel, mietete ein Auto und fuhr zum Flughafen La Guardia, um nach dem Rechten zu sehen. Sie würde nie vergessen, wie der dunkle Himmel ausgesehen hatte. Sie musste etwas genommen haben. Was es gewesen war, hatte man nicht herausfinden können. Der Angestellte der Autovermietung sagte, sie habe lauter wirres Zeug geredet. Große Pupillen und dabei heftig geatmet. Sie hatte mir noch eine Email geschrieben, dass sie jetzt selbst zum Flughafen fahren würde, um nach dem Rechten (nach ihren Bildern) zu sehen. Sie hatte (vielleicht absichtlich) mit dem Mietwagen eine Betonwand gestreift. – Als ich von dem Unfall hörte, flog ich sofort nach New York. Ging gar nicht ins Hotel, sondern fuhr gleich mit dem Taxi ins Krankenhaus. Sie lag in einem Zimmer der Intensivstation. Man erlaubte mir, mich eine Stunde in ihr Zimmer zu setzen. Mich hatte sie nicht erreichen können. – Sie hatte es sich noch einmal gutgehen lassen wollen. Einen kleinen Autounfall oder einen jungen Liebhaber. – Hätte ich aus der Geschichte nicht besser herauskommen können?

Es war wie an der Universität, wo die Begabten nicht gefördert, sondern ausgebeutet wurden. Vielleicht ein Leben lang Assistent, immer in der Hoffnung auf eine Beförderung oder eine Dozentenstelle. Ich hatte sie an der Uni alle im Erfrischungsraum herumhängen sehen. Die Psychoanalyse war genauso verfahren. Freud hatte das Leben seiner Klienten erzählt, ausgebeutet und ins psychoanalytische Sprachbett gezwängt. Fast alle Psychoanalytiker hatten ihre Klienten auch körperlich ausgebeutet. Dafür bekamen sie einen Artikel in einer Zeitschrift. – Mandy würde sicherlich irgendwann einen Artikel über die „untherapierbare" Christine schreiben. – Ich kannte Anere. Wenn sie sich einer weltumspannenden Ideologie bedienen konnten, und sei diese noch so abstrus, würden sie diese auch für sich einspannen. Rosenkreuzer, Scientologen, Satanisten, Freimaurer, Rudolf Steiner. Der hatte in einem seiner Bücher behauptet, die fiktive Romanfigur Christian Rosenkreuz habe existiert und sich mit ihrem intimen Freund Buddha 1604 auf dem Mars getroffen. Es gab nichts, was man einem Menschen nicht vorsetzen konnte. Man schämte sich, auf die letzten Jahrtausende zurückzublicken.

Fünfzehn

Drei Tage bevor ich Christine nachgeflogen war, hatte ich von ihr geträumt. Irgendetwas hatte mich mit ihr entzweit. Ich wollte zu meiner Mutter und fuhr weg. Wo war mein Autoschlüssel geblieben? Der Schlüssel? Ich trage doch das Bündchen immer in der rechten Hosentasche. Ich klaue ein Fahrrad, um schnell zu meiner Mutter zu kommen. Es ist ein Isringhausen-Fahrrad, wie ich es als junger Mann hatte. Meine Mutter wohnte in einem dörflichen Vorort von K. am Kirmesplatz. Ich gehe in ihr Haus hinein. Ich sehe, wie sie mit einer anderen jungen Frau intim wird. Plötzlich liegt vor mir auf der Straße der richtige Schlüssel. Er geht ins Schloss, dreht sich, aber schließt nicht auf. Ich drehe drei-, viermal nach rechts und links, am Schloss tut sich nichts. – Mir fällt ein, dass meine Mutter in ihrem Lehrerstudium Sport als Wahlfach hatte, dass sie einen leichten Flaum auf der Oberlippe hatte und auch etwas herb war.

Ich erzählte den Traum meiner Psychologin Mandy, die sagte, ich sei von Christine abhängig geworden und könne wenig gegen sie machen. Warum träumte man so etwas? Vielleicht versteht man so auch Freuds Liebe zu seiner Mutter. Dann war Christine doch nicht anders, sondern „ich"! Vielleicht zeigte sie sich mir in diesem Traum, wie sich Kékulé die Ringverbindung des Benzol-Rings als fünf tanzende Männchen erschlossen hatte. Christine erzeugt Tumulte, wie meine Mutter. Für den Oberlippenbart gab es bei meiner Mutter einmal die Woche die Pinzette. Bei Christine nicht, der Welt zum

Trotz! – „Sie will ins Nichts", hatte Mandy gesagt. – Und wenn die Traumlösung nur eine Scheinlösung war, so war sie für mich doch eine Lösung! Die gesamte Gedankenwelt ist maya. – Tiefes, psychotisches Erschrecken, als ich Mandys Deutung höre.

Nach der Stunde tranken Mandy und ich gemeinsam ein Bier. Eiskalt!

Ich hatte zwei Bücher mit ins Krankenhaus genommen, um Christine zur Not etwas vorlesen zu können. – Als erstes las ich eine Passage aus einer Inspiriertenrede des Pietisten Johann Friedrich Rock:

Indem aber schickte der liebe Bruder Gruber zu mir: ich solte hinüber kommen / die Inspirirten seyen da. Ich erschrak von Hertzen darüber / […] und bate den Herrn: Er solte mein Hertz bewahren / damit ich nicht Irrthum gerathen mögte! Als ich nun ins lieben Bruder Grubers Stuben kam / so war die Melchiorin schon in Bewegung / und zwar ganz sachte / und sprach unterschiedliches noch aus / worauf ich nicht so wol Achtung gab / als auff mein Hertz. Indessen wurde doch mein so düsteres Gemüth nach und nach wieder heiter.

Danach eine Stelle aus dem neuen Roman von Botho Strauss:

Oh, er lädt mich ein, mich ganz allein auf der Welt, an seinem männlichen Begreifen teilzunehmen, an seiner männlichen Großzügigkeit, an seiner männlichen Gelassenheit und Wissenswärme … Lauter Eigenschaften, mir wesensfremd, aber es genügte, daß ich Interesse zeigte, und schon hatte er mich! Dieser verirrte Held, der einsame Regent, entfernt von seinem Volk, dem er unverzagt mit reicher Zunge etwas vorspricht, das es niemals vernehmen, geschweige denn beherzigen wird.

Ich wusste, dass es im Menschen eine Instanz gab, die alles wahrnahm. Christine musste vor dem Unfall irgendetwas genommen haben. Was es war, konnte ich nicht einmal vermuten. Hatte es begonnen, als ich sie schon kannte? – Es musste in den letzten Jahren passiert sein. Durch wen? Unter welchen Umständen? Ihre Eltern lebten nicht mehr. – In Gedanken tippte ich auf die Dicke. – Die Frauen gingen schnell aufeinander los, nach kurzem gegenseitigem Anstarren. – Christine sagte, das wollten die Frauen gerade. – Was Fassbinder angerichtet hat.

Es war immer Christines Ehrgeiz gewesen, aus dem Nichts zu kommen, überraschend. Dann stand sie da wie Krösus oder lag auf ihrer Couch, die Schuhe abgestreift. Sie hatte mich einmal unter dem Vorwand, ihren Bruder zu schützen, zu einer Hypnoseveranstaltung der Rosenkreuzer mitgenommen. Sie wollten die Wirkung der Veranstaltung auf mich prüfen. – Ich sagte am Ende einen Satz meines Philosophieprofessors. Das Ganze war dumm und abgeschmackt gewesen.

Ihr Vater hatte ein kleines Segelboot gehabt, in dem gerade drei Leute übernachten konnten, mit dem er auf der Mosel kreuzte. Der Tag war heiß, Christine langweilte sich und war an Land gegangen. Sie hatte Lust auf einen Schluck Limonade. Auf dem Boot war die Hitze nicht so spürbar. Sie ging in die Kombüse, goss sich etwas ein, und als sie in den kleinen Schlafraum blickte, sah sie, dass ihr Vater, ihre Mutter und ihre Tante eng nebeneinander auf der Sitzbank saßen. Christine hatte das als anstößig empfunden. War das die gute Mutter? Kurze Zeit später hatte diese Tante geheiratet, und sie hatte mit ihrer Mutter nie über die Szene geredet. Es war sonst nicht viel passiert in ihrer Familie. Sie war mit achtzehn zu einem Psychoanalytiker gegangen, der ihr aber auch nicht hatte helfen können. In ihrem Privattheater war die Szene nicht mehr aufgetaucht. Der Analytiker hatte ihr gesagt, dass manche Frauen zu vielem bereit seien, um ihrem Ehemann eine Freude zu machen. Christine hatte mir gesagt, dass sie die Szene aufregend gefunden habe. Die Kirche habe ihr auch nicht helfen können, denn die sage, das Fleisch sündige ständig. Vielleicht war sie nicht einmal das Kind ihres Vaters. Gab es überhaupt eine Familie ohne Geheimnis? Sie hatte eine Spiegelphobie bekommen, und einige Jahre später war ihr Leben ziemlich durcheinandergeraten. Sie freute sich, dass ich ihr so viel Klugheit, Geduld und Freundlichkeit gewidmet hatte. – „Glaubst du, Freud hätte die Lösung gewusst?" fragte sie mich. – Ich musste bei ihren Worten an unser erstes Zusammensein denken. Wir waren sogar im Dunkeln verlegen gewesen, und wilde Leidenschaft war es auch nicht. – Waren wir noch die Kinder, die wir vor vielen Jahren gewesen waren? *Des Menschen Seele ist ein fremdes Land, unnahbar und auch nicht erforschbar,* hatte Puschkin gesagt. Und überhaupt sind wir für unser Seelenleben nicht verantwortlich. Zwei Menschen können nicht verhindern, dass die bloße Gegenwart eines Anderen sie beeinflusst. Das gilt für die gesamte Psychologie. Über die Tante, die an diesem Nachmittag mit ihrem Vater und ihrer Mutter zusammen gewesen war, erzählte sie nur Gutes. Sie fragte sich manchmal, ob nicht eine Frau sie erlösen könne. Im Traum war ich mit Christine verabredet, und plötzlich kam ihr Bruder und gab mir einen großen Pappkalender, auf dem meine früheren Verabredungen rot eingetragen waren. Christine kam, und ich sagte: „Es liegt alles so weit zurück!" – Sie schweigt wie immer. – Ich war so aufgeregt, dass ich aufwachte. Es war viertel vor zehn morgens. Mir fiel ein Satz aus dem Werther ein: *Niemand weiß, wie weit seine Kräfte gehen, bis er sie versucht hat!* Jeder hätte ja zu jeder Zeit alles beenden können. – Als ich in ihren Nachttisch blickte, lag dort ein Brief für mich mit dem Namen ihrer möglichen Nachfolgerin. – *Es ist die Figur meiner Wahrheit,* schreibt Roland Barthes, *Sie ließ sich mit keinem Stereotyp erfassen.* – Ich hätte nicht gedacht, dass es mir etwas ausmachen würde. – Auch nicht, dass es jemanden wie sie hatte geben können.

Fünfzehn Jahre später hat Goethe all das, was uns an der Erstfassung des Werthers fasziniert, in der zweiten Fassung überarbeitet und verdeckt.

Als ich Mandy die Geschichte erzählte, sagte sie: „Du spürst in dem betrogenen Kestner dir selbst nach! – Das müsstest du doch wissen." – „Ich bin nicht betrogen worden", sagte ich, „ich habe ja dich."

Christine war eine mir nahe, eigenwillige Frau. Sie war mit ihrer Malerei näher an Goethe als ich. Weiß war schwarz, und schwarz war weiß. Um das zu erkennen, hatte ich mich kurz aus dem System begeben müssen.

Coronas Schuh

Nicht lange hatte das Vergnügen zugenommen, als bei den jungen Leuten die Tätigkeit erwachte.

Goethe, Wilhelm Meisters Lehrjahre

Was soll ich tun, fragte sich Goethe. – Sobald ich an den 2. Januar 1777 zurückdenke, reibt es mir meine Lippen aufeinander. – *Fieberhaft!* – Also hinaus in den Garten. – Warum klappte es nicht, und alles auf diese knabenhafte Weise? – Sie mag junge Männer, von Reichard bis zu mir! – Weil die leichter zu erregen oder im Zaum zu halten sind. – Ich kann mich überhaupt nicht mehr achten, wenn ich daran zurückdenke. – Ins Tollhaus! – Liebesszenen ausdenken! – Sprachnarrheiten daraus machen! Gedanken gegen die Gefühle! Er hatte von Magnolienblüten geträumt. – Die rosa Fülle in den Baumkronen! – Was will sie eigentlich? – Manchmal denke ich, sie will die Männer nur stören! – *Es weiß kein Mensch, was ich tue und mit wieviel Feinden ich kämpfe, um das Wenige hervorzubringen. Bei meinem Streben und Streiten und Bemühen bitt ich euch nicht zu lachen, zuschauende Götter. Allenfalls lächeln mögt ihr, und mir beistehen.* – Goethe wusste: Für die eigenen Dummheiten fanden die Leute immer gute Sophismen! Die Menschen stehen einander immer wieder mit den gleichen alten Tricks gegenüber (Rhetorik oder Kriegsfallen), und die ganze Welt nimmt das kommentarlos zur Kenntnis. – Er bekam, jetzt in seinem eigenen Bett, starkes Herzklopfen und nahm drei Tropfen von dem, was er dagegen hatte. – Sie waren noch spät nachts in seinem Garten gewesen, und sie hatte ihn, nach diesem langen Spaziergang, noch mit zu sich hinaufgebeten. Er war unschlüssig gewesen, ob er es hatte annehmen sollen, war aber mitgekommen. Drei Stiegen hoch bis unters Dach. Die Wohnung war gut geheizt gewesen. Sie hatte zu ihrer Gitarre gegriffen und ihm ein Liedchen aus dem *Jahrmarktsfest zu Plundersweilern* gesungen:

Nicht immer gleich
Ist ein galantes Mädchen,
Ihr Herren, für euch;
Nimmt sich der gute Freund zu viel heraus,
Gleich ist die Schneck in ihrem Haus,
Und er macht so! –

Er hatte es ja selbst gedichtet, ohne zu wissen, dass es stimmte. Ihre Cypassis, die alte Kupplerin, war im Hinterzimmer verschwunden und tat so, als wäre er, Goethe, nicht da.

Auf dem Rückweg war in Weimar alles ruhig. Er ging den kurzen Weg zu seinem Haus, und kaum lag er im Bett, überkamen ihn die Gedanken an sie und die fliegende Hitze, der er auch in ihrer Dachwohnung gehabt hatte. Hätte er noch weitergehen sollen? Sie hatte ihm den wichtigsten Weg zu ihrem Körper versperrt. – Fast! – Alles andere hatte sie zugelassen. – Dieses weiße, odiose Nymphengewand, das, fast durchsichtig, an ihrem Körper entlangfloss. Sie hatte es auch noch ausgezogen und ihm ihrem großen, schönen schlanken Körper überlassen. Sie wollte reden, er wollte nicht reden. Ihre Unterwäsche war aus Gaze gewesen. Auf dem Rückweg zu seinem Gartenhaus sah er sich um. Er wusste, dass seine offizielle Mätresse jeden seiner Schritte belauerte. Er wusste, dass auch der Landesfürst auf ihn aufpasste. Er wusste: Wenn alles einmal zu Ende war, musste er über alle ausgelegten Landminen dahinschlüpfen und sie wahrscheinlich mit einem Brief voller Andeutungen zur Ruhe bringen.

Mein Gott, er hatte sie als Sechzehnjähriger in Leipzig kennengelernt, und er war nur eineinhalb Jahre älter als sie. Corona hatte schon mit vierzehn Jahren in den größten Sälen Leipzigs gesungen und hatte eine Reinheit, Stärke und Fülle des Tons, den außer ihr vielleicht nur die junge Elisabeth Schmehling hatte. Aber sie hatte die schönere Gestalt und die lebhafteren Augen. Sie zog sich besser an und legte viel Aufmerksamkeit auf ihre Haltung und ihren Gang. Die Schmehling brillierte, aber sie sang die einfachen deutschen Musikstücke mit reiner, weicher Stimme in vollendeter Schönheit. Ihren seelenvollen Ausdruck konnte niemand imitieren. Als sie in den Hasseschen Oratorien sang, bekam sie einen Ruf in ganz Europa. Viele Männer hatten sich in sie verliebt, aber sie hatte alle abgewiesen und sich mit ihrer Gouvernante Wilhelmine Probst eine Wächterin zugelegt. Elisabeth Schmehling wurde von Friedrich dem Großen verpflichtet, und ganz Leipzig freute sich, dass es die Schröter für sich hatte. Kurze Zeit muss sie in die Hände eines Grafen, eines ehrlosen Betrügers, geraten sein, kam aber aus dieser Lebensfalle wieder heraus. Man schrieb es ihrer jugendlichen Unbesonnenheit zu. Ein junger Violinist und Komponist schloss sich ihr an, arbeitete für sie und komponierte Kantaten und Lieder. In Leipzig munkelte man, sie würde auch nach Berlin an den Hof Friedrichs des Großen gehen. Dieser aber hatte gesagt: *Lieber möchte ich mir von meinen Pferden eine Arie vorwiehern lassen, als eine Deutsche als Primadonna meiner Oper zu besitzen.* Elisabeth ging aber doch nach Berlin. – Man verglich nun ihre Stimme mit dem vollkommenen Klang einer Cremoneser Violine. Corona mochte junge Männer lieber als alte. Der Leipziger Oberbürgermeister, dreißig Jahre älter, hatte ihr einen Antrag gemacht, den sie abgewiesen hatte. – Der junge Goethe, der in seinen drei Jahren Leipzig kein einziges Juraseminar besucht hatte, lernte sie im Haus des Maler und Kupferstechers Oeser kennen. Goethe bewunderte, liebte sie und dichtete für ihre Anbeter Verse. Er ließ gern durchblicken, dass diese Verse von ihm waren. Goethe und Corona müssen sich damals schon sehr nahegekommen sein. Sieben Jahre später, als er in Weimar fest im Sattel saß, holte er die schöne, hochgewachsene junge Sängerin in das kleine sächsische Herzogtum. Goethe musste Corona in Leipzig stark verfallen gewesen sein, jetzt hatte er eine Möglichkeit gefunden, sie doch an sich zu binden. Goethe war aber auch schon in Weimar nicht mehr ohne Bindung. Er hatte sich an die Frau des Stallmeisters, Charlotte von Stein, attachiert, und die passte mit ängstlicher Sorgfalt auf, wohin der junge Fant sich orientierte. Sie war die interessanteste und pikanteste Frau des Weimarer Kreises, oder, wie Schiller sie bezeichnete, *eine wahrhaft eigene interessante Person*. Charlotte von Stein war klug und vorsichtig. Goethe turtelte aber mit nachtwandlerischer Sicherheit zwischen den beiden Frauen hin und her. Daneben muss es auch noch andere Frauen gegeben haben. Manche Leute am Hof bezeichneten das Verhältnis zwischen einem Sechsundzwanzigjährigen und einer dreiunddreißigjährigen Frau, die sieben Kinder geboren hatten, als ungesund. Wer will darüber ein Urteil fällen? Aber sie war keine der jungen achtzehnjährigen Frauen, mit denen Goethe bisher zusammen gewesen war. Sie war in alle Kabalen des Hofes eingeweiht und war die Vertraute der Herzogin Luise, der Gattin Carl Augusts. Es war Liebe, der die Flügel noch nicht gewachsen waren.

Corona störte sich nicht daran. Goethe schrieb für sie eine Tragödie, eine Komödie und ein Singspiel nach dem anderen. Einige Leute in Weimar sagten, bei ihr hätte sich die Seelenschönheit mit der Körperschönheit in seltener Harmonie verbunden. Natürlich klatschte man in Weimar, aber wer konnte schon etwas nachweisen? Und Frau von Stein dachte nicht daran, ihren Seelengefangenen freizugeben. *Stella, die Mitschuldigen, die Fischerin, Erwin und Elmire* entstanden. Corona füllte die weiblichen Hauptrollen aus und glänzte im Übermaß. Hatte es im Hintergrund Eifersucht gegeben? Goethe war siebenundzwanzig, Corona fünfundzwanzig. Frau von Stein schrieb auf die Rückseite eines seiner Briefe ein Gedicht, in dem sie sagte, dass sie lieber ihr Gewissen zertrümmern würde, als der Liebschaft mit Goethe zu entsagen. – Maskenfeste, Konzerte, Rezitation, gemütvoller Gesang zogen sich durch die nächsten Jahre. Goethe schwankte immer noch zwischen Krone, wie er Corona nannte, und Charlotte von Stein hin und her. Corona besuchte ihn in seinem Garten, und auch über Nacht blieb Goethe bei ihr in ihrer Wohnung im Haus des mittlerweile verheirateten Friedrich Justin Bertuch. Goethe stellte sein Schwanken in einem Singspiel, *Erwin und Elmire*, dar, in dem die Gefallsucht einer Geliebten den Liebhaber zur Verzweiflung bringt. Aber Corona war zu schön, zu intelligent, zu begabt und ausgebildet, um in diese Rolle zu passen. Die Welt glaubte, Goethe habe in diesem Singspiel seine Beziehung zu Elisabeth Schönemann aus Frankfurt, mit der er kurze Zeit verlobt war, verarbeitet. Goethe schrieb in dieser Zeit oft in sein Tagebuch, dass er nachts Corona besucht hatte. Ab und zu neckte sie ihn, dann *kriegte er Picks* und ging nach Hause. Frau von Stein schien das nicht zu stören. Sie übte, mit welchen Kräften auch immer, *einen seltsamen Druck auf die Seele, dass ich muss suchen, mich loszureißen.*

Goethe schrieb die Iphigenie. Zunächst in Prosa. Und man musste sich fragen, wo er die Zeit dafür hernahm. Er war unterwegs als Wegebau- und Finanzminister, er deckte im Silberbergwerk Ilmenau Unterschlagungen und Fehlmanagement auf und ritt mit dem Herzog auf Wildschweinjagd. Nachts ging er mit Corona bei *herrlichem Mondschein* in seinem Garten spazieren. Es kam immer wieder zu Durchbrüchen von Leidenschaft. Goethe zeichnete Corona, angeblich, als sie in Schlaf gefallen war. Das gezeichnete Gesicht von Corona weist aber alle Anzeichen einer Tranceinduktion auf. – Das Hoftheater in Weimar war ein Liebhabertheater. Es wurde in den großen, repräsentativen Räumen des Adels gespielt, auch im Freien, denn Schloss und Theater waren beide abgebrannt. – Georg Melchior Krauss hat ein wunderbares Bild von der Uraufführung der Prosa-Iphigenie gemalt, das die Beziehung zwischen Corona Schröter und Goethe besser darstellt als alle Worte. Goethe jung, schön und langhaarig mit Brustharnisch und einem Lendenschurz, mit einem Gesichtsausdruck, als wüsste er nicht wie ihm geschehe, hat den linken Arm erhoben, als wolle er ein Zeichen geben. Corona, groß, schlank, in fließenden weißen Gewändern mit einem Schleiergewebe um den Kopf ist so nah an Goethe, als wolle sie ihn umschlingen. Ihr rechter Arm liegt auf Goethes linker Brust, und Goethe versucht, mit seiner linken Hand ihren Arm ein wenig wegzudrücken. Es ist eine theatralische Pose von beiden, wunderbar genug, dass die Aufführung im Freien stattfand. Man sieht Bäume und römische Dekorsäulen, es muss zu dem ungeheuren Erfolg dieser Uraufführung beigetragen haben. – Natürlich war auch der Herzog von Corona begeistert, und in der Begrenztheit Weimars traten Misshelligkeiten auf. Goethe war eifersüchtig auf den Herzog, der Herzog eifersüchtig auf Goethe. Man wusste, was in einer kleinen Autokratie eine solche Rivalität entschied. Aber Goethe war derartig bewusst und beherrscht, dass die Dreierbeziehung wohl ohne größeres Aufsehen verklang. Goethe schrieb später, *nur in die Ritzen dürfe man nicht schauen,* da brodele und knistere es noch. Der einzige Briefentwurf an Corona, eine Art Friedensangebot, ist derartig kalt, überlegt und unbestimmt, dass man sich selbst aufgrund dieses Briefes kein wirkliches Bild von der Beziehung machen kann. Aber Goethes Tagebücher sprechen Bände. Goethe hatte an der Prosa-Iphigenie nur sechs Wochen geschrieben. Als sie zum ersten Mal aufgeführt wurde, am 6. April 1779, war Goethe drei Jahre, Corona zwei Jahre in Weimar. Goethes Auftritt als Orest, des Bruders von Iphigenie, muss ein wirkliches Ereignis gewesen sein. Wahrscheinlich lag es daran, dass Corona, die die Iphigenie spielte und Goethe zu dieser Zeit wirklich ein Paar waren. Die Hofdamen schrieben sich, Goethe als Orest im griechischen Kostüm sei *ein wahrer Apoll* gewesen. – Es ist seltsam, dass Gesamtweimar von der Prosa-Fassung der Iphigenie und der Erstaufführung mit Goethe und Corona Schröter begeistert war und Carl Ludwig von Knebel und seine Schwester Henriette von dem ennuy sprachen, den das viel zu lange Stück ihnen bereitet habe. Knebel war der *Urfreund* von Goethe, und seine Schwester Henriette war viele Jahre lang die Erzieherin von Carl Augusts Tochter Luise. – Corona, die Goethe trotz dessen eifersüchtiger Mätresse einige Jahre hielt, tat das nicht mit Begriffen, sondern mit ihrem visuellen Gedächtnis. Allein, dass sie die wirklich langen Textpassagen der Prosa-Iphigenie behielt! – Natürlich war es Liebe zwischen Corona und Goethe. Goethe hatte sie aber auch nach Weimar geholt, um zu zeigen, wen er alles in der musikalischen Kunstwelt kannte, und ein bisschen war sie auch sein Kreativitätsanker. Natürlich hatte er in den ersten Jahren auch versucht, Corona zu konsumieren. – So weit es Charlotte von Stein zuließ. Die musste aber auch gesehen haben, dass Goethe aus einer anderen Welt geliebt wurde und dass sie die Ausstrahlung und die Fähigkeiten, die Corona hatte, nie haben würde. – Was hatte sie denn überhaupt? – Sie war eine synästhetische Frau, die mit allen Mitteln arbeitete und mit ihren Mitteln auch wusste, wo sich der andere innerlich befand. Sie hatte diese Fähigkeiten schon vor Jahren kultiviert. – Goethe war aber auch ein bisschen unheimlich. Was war denn aus seinen Freunden, Konkurrenten und Zuträgern geworden? Krafft war tot, Schiller (wenn auch etwas später), Klinger war nach Moskau gegangen, Lenz starb in Moskau auf der Straße, Merk hängte sich auf. Corona wurde in Weimar auch nur einundfünfzig Jahre alt, und Goethe hielt es ein paar Jahre vorher für nötig, dem Herzog per Brief zuzuflüstern, dass sie starkes Bruststechen habe. – War Corona, die in Guben bei Warschau geboren wurde und die ersten Kinderjahre verbracht hatte, überhaupt Polin? Auf welches Land lautete ihr Pass? – Nur wer sich in Weimar mit Goethe gut stellte, wurde alt. Die Anwesenheit Coronas in Weimar musste Goethes Renommee in der Adelsgesellschaft ungeheuer gestärkt haben. – Wieland hatte als Einziger in Weimar durchgehalten bis ins hohe Alter, weil er sich von Anfang an mit Goethe arrangiert hatte. Er hatte aber auch sofort erkannt, dass Goethe ein ganz anderes Literaturbild als sein eigenes vorschwebte. Goethe wollte aus der Literatur eine Psychoanalyse machen. Nur Freud hatte davon profitiert.

In einer Nacht hatte ihm Corona ihr Leben erzählt. Sie war in der Stadt Guben, zirka hundert Meilen südlich von Berlin, in Sachsen, geboren. Eine Stadt von gut viertausend Einwohnern. Als Corona fünf Jahre alt war, ging ihr Vater mit seinen Kindern, die Mutter war jung gestorben, nach Warschau. Im Siebenjährigen Krieg wurde Sachsen besetzt, und der sächsische Kurfürst Friedrich August floh nach Warschau. Seinem Regimentsoboisten Johann Friedrich Schröter blieb nichts anderes übrig, als mit dem Regiment des Grafen Brühl und Friedrich August mitzugehen. – In Warschau erwarb Corona ihre Vielsprachigkeit und Grazie und natürlich ihre Ausbildung als Sängerin, sie erlernte eine Menge Instrumente. Ihr Vater komponierte auch und war mit Mozart befreundet, der vier Kadenzen für Schröters Konzerte schrieb. – Wunderkinder waren gefragt. – Coronas Bruder Johann Samuel wurde der führende Pianist Englands. Er starb mit einunddreißig Jahren, und seine Witwe Rebecca wurde die heimliche Geliebte Joseph Haydns. Die Liebesbriefe der beiden sind überliefert. – Leider hatte Coronas Vater deren Stimme durch zu frühe Übung und zu hohe Kadenzen verdorben. Das wusste man schon in der Leipziger Zeit, da war sie vierzehn. – Vielleicht dachte sie, Goethe würde sie eines Tages heiraten. Man kann sich einbilden, sie habe viel darüber fantasiert, obwohl sie mit ihrer Vertrauten Wilhelmine Probst aufs engste zusammenlebte. Ein paar Männer hatte es natürlich immer gegeben. Sie erzählte Goethe auch von England, wo sie ein paar Mal gewesen war und mit ihren Rezitativen geglänzt hatte.

Goethe hatte schon in Leipzig (da war er sechzehn) ihre Darbietungen der Musik von Johann Adolf Hasse gehört. Corona hatte mit ihrer Stimme, ihrer Gestalt und ihrer Ausstrahlung diese Musik am besten verkörpert. Eine ruhige Musik, bei der es einem leicht ums Herz wurde. Ich, der Erzähler, habe mir die größten Kantaten und Sonaten von Hasse auf CD angehört. Corona muss einen tieferen und weicheren Sopran gesungen haben als die Sängerin auf meiner Platte. – *Clori mio ben* wurde auf der Platte aber außerordentlich dargeboten. – Toll, es war die Unterhaltungsmusik, vielleicht sogar der Jazz der Zeit.

Man muss sich die Musik natürlich in einer großen Kirche mit viel Hall und Nachhall vorstellen. Dann würde man sicherlich innerlich noch ruhiger werden. – An einigen Passagen, die Veronika Kralova singt, kann man die Stimmmodulationen Coronas nachhalluzinieren. Die Flötensonate war wirklich fast noch Barockmusik. – Genau gehört, ähnelten die Sonaten und Kantaten einander ein wenig. Trotz mancher überraschender Wendungen, ganz ungewöhnlich. – Vielleicht lag es daran, dass meine CD keine besonders gute Aufnahme war. – Auf Dauer wirkte die Musik nicht langweilig. Aber man bekam das Gefühl, als wolle der Komponist, dass man nicht allzu übermäßige Lebensfreude empfand. Nur Getragenheit, Ruhe der Seele und ein bisschen Trauer! – Oder kam das von mir? – Viele glauben, Goethe habe Corona als Marianne in Wilhelm Meisters Lehrjahren dargestellt, ihre Gefährtin Wilhelmine Probst als die hinterlistige Kupplerin, die auf Marianne aufpasst. Corona hat Goethe 1777 ihren selbst geschriebenen Lebenslauf übergeben. Er ist bis heute verschwunden. Goethe hat alles, was in seiner Umgebung vorkam, ausgewertet. – Herzogin Luise, Corona, Charlotte von Stein: Goethe suchte immer nach einer Gelegenheit, sein Talent in Szene zu setzen. Eigentlich dienten ihm alle seine Partnerinnen zur Folie. Die Unterhaltungsmusik der Zeit war geistliche Musik. – Geistlich? – Die Iphigenie hatte Goethe unter dem Druck der Inspiration geschrieben. Das merkte man der ersten Fassung auch an. Goethe flunkerte viel, was die Entstehungszeit seiner Werke anging. Die Geschichte der Iphigenie von der Prosa-Fassung bis zur Endfassung in Versen war ein Prozess stilistischer Klärung. Die Iphigenie zeigte das Dilemma archaischer Blutjustiz. Wo blieb da überhaupt Platz noch für Corona? Schiller sah in dem Werk eine komplexe moralische *Casuistik*. Andere wie Iffland werteten das ganze Theaterstück komplett als Simplizität ab. Der *zeitlose Goethe* war zu allen Zeiten verdächtig. Das Drama erweckte dieses gewaltige Interesse wahrscheinlich erst einmal durch das grandiose Spiel von Corona und Goethe in der Erstaufführung. Goethe wollte mit seinem Schicksal ins Reine kommen. Für lange hat es nicht gereicht. Über die kleinen Widersprüche in dem Text kann man ruhig hinweggehen. Iphigenie ist die Bevorzugte der Göttin Diana, der Göttin der Jagd. Das war für Goethe auch Corona Schröter. Kant hatte sechs Jahre vor Erscheinen des Theaterstücks geschrieben, dass die Aufklärung *der Ausgang des Menschen aus seiner selbstverschuldeten Unmündigkeit* sei. Bei Iphigenie ist sie so selbstverschuldet nicht. Aber man kann das Theaterstück doch als Beginn der Aufklärung in der Literatur betrachten. Auch in der Reihe der Frauenbilder steht es einmalig da. Corona muss solch eine Frau gewesen sein. Dass sie es gewesen war, zeigt die

Weimarer Aufführung des *Triumphs der Empfindsamkeit, einer dramatische Grille in sechs Akten.* In diesem Singspiel, in dem Mandandane, die Frau des Königs Andrason, in einer Puppe gespiegelt ist, in deren Bauch sich die ganze sentimentale Literatur der Empfindsamkeit befindet, hatte Goethe ein längeres Gedicht *Proserpina* eingeschaltet. Die Mandandane wurde von Corona Schröter gespielt, und es war eine ihrer höchsten Glanzrollen. Corona hatte sich in Rezitation, Deklamation und Mimik stark weiterentwickelt, Goethe spielte den König Andrason, Corona war in einem weiß-goldenen Gewand. – Kurz nach der Aufführung besuchte Goethe an ein paar aufeinanderfolgenden Tagen Corona ein paar Mal in der Nacht und war in *schönem bestätigten Wesen.* – Mein Gott, dieses Hin- und Herschwanken zwischen zwei so gegensätzlichen Frauen, deren einzige Gemeinsamkeit war, dass sie sich auch mit Frauen verstanden. Corona und Goethe machten Spaziergänge, gemeinsame Ausritte und aßen Torte. Nachts war Goethe oft *fieberhaft* und hatte *Herzklopfen.* Hatte ihn das alles nicht angerührt, oder doch? Oder zuviel? – Eher letzteres! Viele Männer hatten Angst vor ihr – außer Wieland. Sie war keine Schönheit im klassischen Sinn, für Schiller schon zu alt, der zehn Jahre jünger war als Goethe. – Goethes Philosophie orientierte sich an der Natur. Das Verhältnis zwischen Samenkorn und Pflanze, das war für ihn die wahre Kausalität. Die Wirkung durfte die Ursache auf keinen Fall übertreffen. – Goethe wusste, dass er nicht das Herz Coronas gewonnen hatte, denn das konnte keiner! Aber ihre kalte Intelligenz reizte ihn zu gedanklichen Ausschweifungen nach jedem Treffen. An der vollen Befriedigung hinderte sie oft Coronas *dicke Cypassis.* Von dem Begriff Fetischisten unter den Philosophen hielt Goethe nicht viel. Er hielt es mit Lebenskenntnis und Lebenskunde durch das Sieb des Verstandes. – Er wusste, wie manche (besonders Männer) in Weimar über Corona redeten. Er wusste auch: es gab in der Welt genug Sophismen, um jeden, aber auch jeden Menschen, abzuwerten. Er hätte immer gern seinen Champagner aus Coronas Schuh getrunken, aber sie ließ es nicht zu. Später ließ er sich von Christiane ihre durchtanzten Schuhe schicken, und trank daraus seinen Sekt. Er hatte ihr einmal erzählt, dass der ältere Bruder seines Vaters Johann Caspar hart am Rande des Schwachsinns lebte. Er fürchtete manchmal, auch unter diesem Verhängnis zu stehen. Manchmal dachte er, Corona achte nur den, der ihr ins Gesicht spuckte. Religion war Opium fürs Volk, die Kunst ebenso. Aber wie sollte man ohne diese beiden leben? – Die Stein hatte ihn angegriffen, auf eine unterschwellige, amöbenartige Art. Diese hier, die Corona hieß, nicht! – Sollte er mit Corona genauso hereinfallen wie damals in Wetzlar mit Lotte Buff? Die beiden jungen Frauen waren fast gleichaltrig gewesen. – Goethe würde einfach in seinen alten Tagebüchern nachschlagen, um herauszufinden, was ihn an Krone (so nannte er sie) so angezogen hatte. Er hatte damals intensiv mit beiden Frauen gelebt, mit Krone und mit Charlotte von Stein. Krone hatte ihn ab und zu auch mal abgewiesen, wenn sie keine Lust hatte. Dann kriegte er *Picks*. Sie war in Weimar genauso integriert wie er und konnte sich viel erlauben. Manchmal hatte er das Gefühl, sie verachte das ganze Männergeschlecht. Oder war alles nur Tarnung gewesen, so wie er es im Wilhelm Meister beschrieben hatte? – Ihre Schiller-Vertonungen würde er ihr auch noch abluchsen. Ihren Vortrag hatte er immer gern gemocht, und das war es gewesen, was Liebe in ihm ausgelöst hatte. Eine so anziehende, begabte Frau! Sie würde an Einsiedel geraten, denn der kopierte ihn, Goethe, wie einen Zwilling. Manche Leute in Weimar glaubten, sie sei heimlich mit Einsiedel vermählt. Es gab auch schon einen neuen, jungen Stern am Kunsthimmel, den auch Goethe, wenn nicht konsumieren, so doch beeinflussen wollte. Die junge Schauspielerin Christine Neumann starb mit neunzehn Jahren wie einige junge Frauen, die nicht im Mainstream mitliefen. Zu den *armen Frauenzimmern*, wie sie sich selbst nannte, gehörte sie gewiss nicht. – Nach seiner ersten Begegnung mit Corona im August 1787 hatte Schiller an seinen Freund Körner, der einmal recht heftig in Corona verliebt gewesen war, geschrieben: *Ihre Figur und die Trümmer ihres Gesichts rechtfertigen deine Verplemperung. Sie muss in der Tat schön gewesen sein, denn vierzig Jahre haben sie noch nicht ganz verwüsten können.* – Als Schiller sie dann später genau und näher kennenlernte, schrieb er: *Sie ist doch eigentlich eine von unseren behaglichsten Bekanntschaften und sehr engagiert.*

Als Goethe aus Italien zurückkehrte, war die Beziehung zu ihr beendet. Corona zog sich an den Rand von Weimar, fast aufs Land, zurück. – Johannes Falk, der als junger Gelehrter in Weimar mit Corona befreundet gewesen war, und ihre Zeichnungen und Ölgemälde bewunderte, bezeugte ihren scharfen, durchdringenden Verstand. Sie mochte es nicht, wenn jemand ein Heuchler war. – Zu ihrem Begräbnis (sie starb mit einundfünfzig Jahren, wahrscheinlich an Lungentuberkulose) kam aus Weimar nur Carl Ludwig von Knebel, der an seine Schwester Henriette schrieb, wie in Goethes Umgebung

(auch vom Herzog) mit dem Tod umgegangen wurde. –
Ich schließe nicht, wie fast alle Monografien über Corona, mit dem berühmten Goethe-Versen *Auf Miedings Tod*
(in dem Goethe ihr einen unsterblichen Platz im Kunsthimmel beschert hat), sondern mit ein paar Versen aus
dem *Triumph der Empfindsamkeit*, in dem die Königin
Mandandane, gespielt von Corona, als Proserpina einen
dunklen Monolog hält:

Weggerissen haben sie mich,
Die raschen Pferde des Orkus;
Mit festen Armen
Hielt mich der unerbittliche Gott!
Amor! ach, Amor floh lachend auf zum Olymp –
Hast du nicht, Mutwilliger,
Genug an Himmel und Erde?
Musst du die Flammen der Hölle
Durch deine Flammen vermehren? –

Hatte Goethe doch einmal aus Coronas Schuh
getrunken?

Nachwort

Für die drei Monate Goethezeit in Wetzlar kann ich folgende Bücher empfehlen:

- Der Werther, natürlich in der Erstfassung, bei Reclam toll und handlich herausgegeben.
- Roland Barthes, Fragmente einer Sprache der Liebe, Frankfurt 2021 (20. Aufl.), Das Beste über den Werther.
- Ich war wohl klug, dass ich dich fand. Heinrich Christian Boies Briefwechsel mit Luise Mejer, Hrsg. von Ilse Schreiber, München 1961
- Christa Bürger, Goethes Eros, Frankfurt 2009
- Goethes Gespräche Bd. 1-6, Biedermannsche Ausg., Düsseldorf 1998
- Carl Haase, Neues über Basilius von Ramdohr, Niedersächs. Jb. Für Landesgeschichte 1968, S. 166-182
- Joh. Chr. Kestner, Du bist ein Sterblicher. Gedichte. Hrsg. von Alfred Schröcker, Hannover 2007
- Ruth Rahmeyer, Werthers Lotte, Frankfurt 1999
- Basilius von Ramdohr, Kaiser Otto III. Göttingen 1783 (Univ. Bibl. Göttingen)
- Ulf Michael Schneider, Propheten der Goethezeit. Sprache, Literatur und Wirkung der Inspirierten. Göttingen 1995
- Alfred Schröcker (Hg.), Johann Christian Kestner. Der Eigendenker (Bd. 1 und 2), Hannover 2011 (Kestners Biografie)

- Robert Steiger, Goethes Leben von Tag zu Tag. Bd. 1 (1749-1775), München/Zürich 1988
- Natürlich Goethes SW, Brr. und Tagebücher in der Weimarer Ausgabe
- Die zitierten Passagen (kursiv gedruckt) kann man anhand der hier aufgeführten Literatur leicht finden.

I wish it would rain

Eine Erzählung über Schiller

Der Leser wird bemerken, dass einiges in dieser Erzählung erfunden ist. Vor allem die Gespräche und die Darstellungen der Innenwelten. Die Vorwärtsbewegung der Geschichte orientiert sich aber doch an den literarischen Begebenheiten. Dabei ist vielleicht gerade das Erlogene das Wahrhaftige. So ähnlich hat es auch Gert Hofmann in seinem Vorwort zur Kleinen Stechardin geschrieben.

Aber wie ist es nur möglich, dass ein … ein nur einigermaßen gut erzogener Mann oder eine junge Frau sich darauf einlassen kann, auf diese Art und Weise zu leben – vor den Augen der Allgemeinheit.

Henrik Ibsen, Gespenster (1881)

harlotte von Kalb unterhielt sich mit ihrem Mann über ihre vergangene Beziehung zu Schiller. Ihr Mann hatte seine Kammerjungfer als Geliebte. Er verstand, dass seine Frau sich von diesem jungen Kerl hatte einnehmen lassen. Die Hakennase, aber kein Geld. Sie waren völlig offen zueinander, und sie erzählte ihm, was sie in den Hotelzimmern, in denen sie sich getroffen hatten, gemacht hatten. Wenn sie durch das Zimmer ging, hinterließen ihre Fußsohlen Spuren, so sehr hatte sie geschwitzt. Schiller musste auch das gekonnt haben, was Kalb seiner Kammerzofe beigebracht hatte. Schiller war unersetzlich. – „Wenn ich den Bankrott überlebe", hatte Kalb zu ihr gesagt, „muss ich vielleicht ins Gefängnis." – „Jeder geht seinen eigenen Weg", hatte sie geantwortet. – Kalb trat auf sie zu: „Weißt du, wie alt du bist?" – „Noch keine dreißig", antwortete sie. – Sie hatte ihm erzählt, dass sie Schiller und die beiden Schwestern Lengefeld seit längerem beobachten ließ und auch einmal hinfuhr. Mehr als eine Käufliche war sie doch gewesen. Schiller ging mit beiden Schwestern um. Er war wieder in eine Ménage-à-trois hineingeraten. Wie damals. – Niemand hat gesagt, du sollst von ihm weggehen", sagte Kalb. „Zuviel habe ich nie von dir verlangt." – Sie war das Genie in der Familie gewesen, aber Schiller wusste, dass sie nur ihrem *lauernden Verstand* traute. Sie hatte vor Kummer wenig gegessen und war ein paar Mal zusammengebrochen.

Schillers Bediente hatten ihr erzählt, dass es im Hause Lengefeld manchmal hochherging. Caroline war die ältere Schwester, aber die hatte aus finanzieller Not Beulwitz geheiratet, mit dem sie sich nicht mehr verstand, und die Ehe war schnell geschieden worden. Wäre aus der Ehe

Charlotte von Lengefeld mit Schiller nichts geworden, hätte Charlotte als Hofdame in die Dienste von Anna Amalia treten müssen. Charlotte besaß gute Kenntnis der französischen Literatur, aber Schiller mochte die formalistischen Theaterstücke der französischen Klassik nicht. Racine und Corneille waren ihm zu unmodern.

Schiller hatte über die Schwestern gesagt: *Beide Geschöpfe sind, ohne schön zu seyn, anziehend und gefallen mir sehr. Man findet hier viel Bekanntschaft mit der neueren Litteratur, Feinheit, Empfindung und Geist. Das Klavier spielen sie gut, welches mir einen recht schönen Abend machte.* Caroline war reifer und impulsiver als ihre Schwester Charlotte. Aber die Rollenbilder der Zeit behinderten sie. Ihre beiden großen Romane *Agnes von Lilien* und *Cordelia* wurden viel gelesen und verkauft. Schiller hatte zu ihr gesagt: *Ich sehne mich nach einer bürgerlichen und häußlichen Existenz, und das ist das einzige, was ich jetzt noch hoffe.* Sie hatte sich oft gefragt, wie Schiller alles bisher durchgehalten hatte. Vielleicht waren es wirklich Opium, Champagner und die berühmten faulen Äpfel, die Goethe in Schillers Schreibtischschublade entdeckt haben wollte. Alle standen sich mit allen in Weimar und Rudolstadt (wo die beiden Schwestern wohnten) gut. Schiller hatte sie, Charlotte von Kalb, einmal eine Exzentrikerin genannt. – Natürlich war sie exzentrisch, aber das gehörte zu ihrem Leben und zu ihrem ganzen Sein. Und sie würde alle diese Herrchen, die sich um sie herumtummeln, überleben. Sie wusste, die beiden Lengefeld-Schwestern hatten schon eine Menge Bewerber abgewiesen, bevor sie an Schiller geraten waren. – Wann hatte sie ihn überhaupt das letzte Mal gesehen? Vielleicht ein halbes Jahr oder länger. Sie musste oft an ihn denken und hätte sich auch nach seiner Heirat wieder mit ihm eingelassen. Sie hatte ihm das gesagt, und er hatte nichts erwidert. Es war Schiller gewesen, der ihr damals einen ruhigen Schlaf gegeben hatte. Glaubte sie an das, was ihre Gedanken ihr vorspiegelten? Auf ihn warten würde sie nicht. – Schiller war ein ausgebildeter Regimentsarzt und war gut mit ihrem Körper umgegangen. So gut wie noch keiner, nicht einmal ihr Mann. Sie konnte nicht so tun, als würde sie ihren Mann lieben. Aber sie respektierte ihn. Kalb war dabei, mit Bertuch halsbrecherische Geschäfte zu machen, und sie fürchtete, dass einmal seine gesamten Finanzen samt ihrem Schloss Waltershausen zu Bruch gehen würde. Gott sei Dank hatte sie genug zum Lesen, und Schillers *Abfall der spanischen Niederlande* konnte sie fast auswendig. Schillers Freiheitssinn imponierte ihr. Auch seine Intelligenz, die ihrer Meinung nach die Goethes weit überstieg. Sie freute sich, dass in dem *Abfall der Vereinigten Niederlande* die Inquisition so gnadenlos dargestellt war. Schiller hatte gezeigt, dass Religion und Politik im Grund eins waren. Eine vernünftigere Weltordnung würde kommen. Aber ihr eigener Stand, der Adelsstand, würde untergehen. Diese Epoche, die man in den Geschichtsbüchern am liebsten schnell überblätterte, konnte hier spannend und ohne Geduldprobe für den Leser betrachtet werden. Die Triebfedern waren im Geist und im Herzen der Menschen. Obwohl Schiller *die Geschichte des Abfalls* dramatisch zugespitzt hatte, war die Epoche in dem Buch zu spüren. Nur die Einbildungskraft konnte das Vergangene wiederbeleben. Aber was war historische Wahrheit? – Wilhelm von Humboldt hatte geschrieben: *Und doch muss der Geschichtsschreiber ganz wie der Dichter verfahren. Wenn er den Stoff in sich aufgenommen hat, muss er ihn wieder ganz neu aus sich schaffen.* Sie, Charlotte von Kalb, hatte eine so spannende und intelligente Darstellung eines politischen Umbruchs noch nie gelesen. – Sie wusste aber auch, dass es in Deutschland Leute gab, die Schiller *einen kecken Fantasten* nannten. Die Logik eines Aufstandes hatte man im Jahre 1789 in Frankreich zu spüren bekommen. Schiller hatte sie vorweggenommen. Sie hatte erst in der *Geschichte des Abfalls der spanischen Niederlande* erkannt, was eine Rebellion war.

An ihren Vergnügungsabenden hatte ihr Schiller viel von seiner Lorcher Zeit, dem Remstal, von seinen Eltern (sein Vater war auch einmal kurz Wundarzt), besonders aber viel von seiner Mutter erzählt. Es gab Gerüchte, im Remstaler Wald wurde ein Lustmörder umherschweifen. Er erinnerte sich an eine alte Gartenbank, die vor dem Küchenfenster stand. Die Mutter machte jeden Morgen Feuer im Kohleherd. Einige Lehrer mochten ihn nicht und pflaumten ihn wegen seiner schönen, hohen Gestalt an: „Bist du Jesus?" Die Religionsexamina brauchte er nicht abzulegen, weil man schon vorher sein Talent und seine Bibelfestigkeit erkannt hatte. Biblische Geschichten hatten ihn schon immer fasziniert. Mit sieben oder acht hatte er begonnen, den Mädchen hinterher zu schielen. Manchmal hatte er in dunklen Ecken von Lorch Doktor gespielt. Als er älter wurde, kümmerte er sich um die Tugend seiner Schwester Christophine. Er hatte etwas Zähes, und sie wusste, wie er sich hochgearbeitet hatte. Er hatte ihr erzählt, dass die Männer in seiner Familie nie älter als fünfundvierzig geworden waren. Manchmal, wenn seine Mutter ihm etwas versprochen hatte, behauptete sie, es vergessen zu haben. Dann gab sie es ihm aber doch, um zu „überraschen". Im Sommer hing der dicke Bauch seines Vaters über den Bund seiner Hose. Einmal hatte er seinen Vater am Tisch spöttisch angesehen, und der hatte das mit einer Ohrfeige quittiert. Er war aber sonst herzlich und gut zu ihm. In der Schule lernte er schnell und viel. Einer seiner Mitschüler, der ein Gedicht nicht auswendig hersagen konnte, fing an zu weinen. Da sagte der Lehrer: „Leg dich über!" Manchmal hatte er das Gefühl, sein Vater sei doch kein kastrierender Mensch gewesen. Einmal stellte ihm beim Spielen jemand ein Bein. Der Beinsteller stritt es ab und rief: „Ich hab Zeugen!" So früh die Bekanntschaft mit solchen Typen. Wieviel Freunde hatte er denn in seiner Jugend gehabt? Streicher hatte ihm in Oggersheim auf dem Klavier vorgespielt. Vielleicht waren die starken, einfachen Empfindungen seines Vaters besser als jede Seelenkenntnis. Von den Ausschweifungen seines Herzogs brauchte er gar nichts zu erzählen, das wusste jeder. Bei seiner Konfirmation hatte er auf eine Erleuchtung gewartet. Der Pfarrer hatte so viel davon erzählt. Er erinnerte sich, dass er an diesem Tag in den Spiegel geschaut und ein ganz verquollenes Gesicht gehabt hatte. Seine Kameraden hatten sich einmal über Huren unterhalten; er wusste nicht, was das war.

Frau von Kalb war nicht theatralisch. Sie war philosophisch gebildet, sprach und dachte gut und sah darauf, dass Schiller sich mit ihrem Mann verstand. Schiller war am Mannheimer Nationaltheater als Theaterdichter angestellt worden. Nach diesem Aufstieg dachten einige, Schiller wolle nicht mehr ihr Freund sein. – Mein Gott, mit zwölf hatte sie auf ihrem Portrait schon diese Frisur à la Rhinozeros gehabt, und ihr dünnes Körperchen war vollkommen mit Schleifen behangen gewesen. Sie las auf dem Gemälde gerade ein Buch und schaute nicht so, als ob sie sich wohlfühle. – Schiller war der King of Feeling, mit seinem breit aufgeklappten Kragen, den mageren Wangen, den großen Ohren und der gar nicht mal so stark gekrümmten Nase. Sein struppiger, kaum geschnittener Kopf und die Augen, die verwegen in die Welt blickten. Dagegen wirkte sie wie eine alte Frau. – Tischbein hatte sie gemalt, und zwei oder drei Leute hatten sie auf den Bildern „speziell" genannt. Aber es waren Bilder voll reifer Pose und anmutigem Selbstbewusstsein. – Manchmal bekam sie Paroxysmen und war danach so erschöpft, dass sie nicht mehr sprechen konnte. Seine Karnevalsaffäre mit einer schönen Zigeunerin war eine Liaison dangereuse gewesen. Charlotte musste Schiller mächtige Eifersuchtsszenen gemacht haben. – Sie hatte sich sogar von ihrem Mann trennen wollen, aber Schiller wollte eine junge Frau. – Hölderlin, der ein Jahr bei ihr Hauslehrer gewesen war, sprach mit Achtung und Bewunderung von ihr. Am Ende wurde sie bedürftig und musste um Almosen bitten. Goethe gab ihr etwas und viele andere aus Weimar. Es wurde für sie gesammelt. Und Schiller hatte in der Zeit vorher geschrieben: *Ich habe keine Seele hier, keine einzige die Leere meines Herzens füllte, keine Freundin, keinen Freund ... meine poetische Ader stockt, wie mein Herz für meine bisherige Zirkel vertrockne-te.* – Er schrieb aber auch über Charlotte von Kalb: *Ich habe es nie leiden* können bei der Kalb, dass sie so viel mit dem Kopf hat tun wollen, was man mit dem Herzen tun kann. Sie ist durchaus keiner Herzlichkeit fähig. Sonst hat noch ein Verhältnis wie meins gegen sie war, *Momen-te der Wärme, die sie auch wirklich hatte, aber ich zweifele, ob* sie Wärme geben kann. *Ihr lauernder Verstand, ihre prüfende kalte Klugheit, die auch die zärtlichsten Gefühle, ihre eigenen sowohl fremde, zerschneidet, fordern einen immer auf, auf der Hut zu sein.* – Das Standardzitat aus allen Schiller-Biografien, das durchaus nicht stimmen muss, weil die Grundtendenz von Schillers Charakter nobel war.

Die Französische Revolution kostete ihren Mann, Heinrich von Kalb, seine Stellung. Er war Royalist, war nach dem Ausbruch der Unruhen und dem Sturz der Bastille nach Frankreich gefahren und hatte den Auftrag bekommen, die Fluchtwege für Marie Antoinette und ihren Mann, den König, zu planen. – Auch Kalb hatte sich über die Titulatorien, mit denen die königlichen Herrschaften angesprochen werden mussten, geärgert. Die Vernunft muss sich über alles erheben.

Charlotte zog sich auf ihren Familiensitz, Schloss Waltershausen in Franken, zurück, erzog ihren Sohn Fritz oder ließ ihn von Hölderlin erziehen. Der Sohn erfasste blind die Beziehung zwischen Charlottes Gesell-schafterin Wilhelmine Kirms und Hölderlin und fing an zu streiken. Dieser Neunjährige hat sich schließlich durchgesetzt. Hölderlin ging nach Jena, von Frau von Kalb mit etwas Geld versorgt, um Fichte zu hören. – Aus Fritz wurde später ein forscher Regimentskommandeur. Charlotte von Kalb glaubte an ein Wiederaufleben der Affäre. Sie fragte die Leute aus. „Hast du ihn nicht gese-hen?" – „Nein, man hört nichts." – „Nichts?" – „Nichts!" – „Sagt ihm, ich sei hier und warte auf eine Nachricht von ihm." – „Ich werde es ihm sagen." – „Nicht vergessen." – „Denkst du, erinnert sich noch an mich?" – „Warum nicht!" – „Es wird sicher etwas zwischen euch passie-ren." – „Ist schon passiert." – „Wie wars denn?" – „Gut.

Deswegen bin ich so müde. Ich muss ein bisschen schlafen, wenigstens zehn Minuten." – „Da kann man nichts machen, ich gehe."

Sie war eine der suggestivsten Persönlichkeiten, die Schiller kennengelernt hatte. Er hatte es lange mit ihr ausgehalten. Aber dann hatte er doch das Handtuch geworfen. – Wenn er zu übermütig war, lachte sie ein bisschen und fügte sich. Wie im Traum, in dem man durch eine Papierwand springen musste. Sie bekam Wutanfälle, Selbstmordgedanken. Ihre apodiktischen Urteile mochte Schiller nicht, aber hinterher stimmten sie. Sie brachte einen unheimlichen Hauch in die Beziehung. Charlotte mochte die Liebe, sie sagte, sie könne dabei auch ihren Gedanken nachgehen. Schiller war für sie so etwas wie ein Hop Frog. Er hatte ihr erzählt, dass er zum ersten Mal mit einer jungen Lehrerin zusammen gewesen war. Er hatte sie ein paar Mal gesehen und war abends einfach in ihre Wohnung gekommen. – Es ging gleich unter der Haustür los. Die junge Frau war wirklich genial gewesen. Charlotte hatte er davon nichts erzählt. Sie wusste: Letztlich war sie eine Durchgangsstation. Dieser dynamische und lendenkräftige Mann, dazu noch jung, würde sie sofort aufgeben, wenn er ein jüngeres, begütertes Mädchen finden würde, das für die Heirat geeignet war. SIE war verheiratet und wusste, dass es bei den Zimmerschlachten in der Ehe oft bis zum Letzten ging. Verrat, Lüge und Beschädigung, die in vielen Ehen steckten. Gott sei Dank war nicht die Straße sein Lehrmeister gewesen (wie teilweise für Goethe), und er war ein kultivierter Mensch, der noch kultivierter werden würde. Einmal hatte man ihn in der Schule mit einem galanten Büchlein erwischt, und er war von seinem

Lehrer verprügelt worden. – Gab es Aufklärungsgespräche? – Natürlich nicht, obwohl sein Vater, jetzt Kompaniechef, einmal Wundarzt gewesen war. Wenn er mit seinen Eltern diskutierte, bekam seine Mutter Angst und stellte sofort ihre Lebensentscheidungen in Frage. Suchte er etwas? Der Fliege den Ausweg aus dem Fliegenglas zeigen. Irgendeine Instanz in ihm hatte gewusst, dass es für ihn auch noch etwas Anderes gab. – Jetzt war er Professor, aber ein außerordentlicher, der für seine Arbeit nichts bekam. Goethe hatte an den Herzog geschrieben: *Das Beste ist, dass wir ihn umsonst kriegen.* Seine Eltern mochte er. – Er hatte einiges Andere in den Familien seiner Freunde gesehen: Verdächtigen, Beschuldigen! – Mit dem Stand, der ihn in der Schule unterrichtete, war er früh in Berührung gekommen. Es war der Stand, aus dem auch seine Eltern stammten. Manche seiner Lehrer waren wirklich Emporkömmlinge gewesen und wollten von ihrer Herkunft nichts mehr wissen. Aber sie trugen ihre Merkmale mit sich herum wie ein Siegel. Und die Dramen und Geschichtswerke, die Schiller schrieb, waren auch ein wenig die Geschichte seiner eigenen Rebellion. Und er hatte die Gabe, die Fülle des Materials auf das Wesentliche zu bringen. In manchen Familien, in die er hineingesehen hatte, wurden die Männer von ihren Frauen bewacht und verköstigt, sonst nichts!

Heute musste er als außerordentlicher Professor den Staat, also dieses kleine Herzogtum, verkörpern. Aber er war nicht der Staat. Die Interessen des Ständestaates waren den seinen genau entgegengesetzt. Er wusste, dass er auch seinen Idealismus vor seinen Studenten geheim halten musste. Musste er nicht ständig seinen Hass auf das Unrecht verbergen, das um ihn herum geschah? – Und

Goethe? – Der war inspiriert und fand immer einen Ausweg. – Es war komisch, sich mit dem Leben seiner Eltern zu beschäftigen, statt mit der Politik oder dem Abfall der Vereinigten Niederlande. Man ging aus dem Haus, machte aus dem, was andere aus einem gemacht hatten, etwas und ließ seine Eltern in Ruhe. Dagegen konnte man wenig sagen. Aber wenn man sich ein wenig fremd in der Welt fühlte und auf Anhieb nicht mit ihr zurechtkam, wurde man nachdenklich. – Keine Verzweiflung, sondern Triumpf des Willens. – Um aus allem Druck herauszukommen, blieb ihm eigentlich nur übrig, immer der Beste zu sein. In der Kirche, beim Predigen vor seinen Eltern, in der Karls-Schule und als Regimentsarzt. Charlotte wusste: Dieser junge Schiller, den sie so liebte, hatte nichts mehr zu tun mit dem Jungen, den seine Eltern einst großgezogen hatten.

Schiller hatte Charlotte von Kalb den *Abfall der Spanischen Niederlande* 1788 geschickt. Als sie das Buch gelesen hatte, hatte sie die Vision einer vernünftigeren Weltordnung gehabt. Das war es, was sie an Schiller anzog. Besonders Wilhelm von Oranien hob sich von allen politischen Akteuren dieser Zeit ab. Sie hatte an Goethe gesehen, wie ein weicher Charakter von den Gesetzen der Staatskunst verformt wurde. Manchmal wurde er sogar zur Karikatur. Bei Goethe war es so weit gekommen, dass ihn das *Blut* fast jeden jungen Mädchens anzog. – Erstaunlich war, dass Goethe und Schiller den Grafen Egmont, der auch in den spanischen Krieg verwickelt war, fast völlig identisch dargestellt hatten, *ohne darum eine Geduldsprobe für den Leser* zu sein. Schiller hatte aber auch gründlich gefeilt und vieles umgearbeitet. Der *Abfall der Spanischen Niederlande* war so spannend geschrieben wie ein Theaterstück. Quellentreue hatte Schiller manchmal auf Kosten der Darstellung preisgegeben. Zu Recht! – *Die Geschichte ist überhaupt nur ein Magazin für meine Phantasie, und die Gegenstände müssen sich gefallen lassen, was sie unter meinen Händen werden,* hatte Schiller 1788 geschrieben. –Politische Ordnung bezog ihre Stärke fast immer aus dem Versagen der Gegenseite. Außerdem waren auch die Zufälle nicht zu unterschätzten. Die Brutalisierung der Massen würde Freiheit immer unterbinden. Das hatte ein Jahr später die Französische Revolution und der Terror gezeigt.

Jetzt war er in andere Hände geraten. Beide Schwestern, Caroline und Charlotte, lernen ihn näher kennen. Caroline war die Ältere. Schiller würde die Jüngere, Charlotte, heiraten. Aber sie, Charlotte von Kalb, wusste, dass Caroline durch ihre Schwester in das Bett von Schiller gewollt hatte. Schiller hatte mit Caroline geschlafen, weil sie ihm leid tat, nach all dem, was sie durchgemacht hatte. Ohne die Ehe mit Beulwitz hätte sie verhungern müssen, vielleicht die ganze Familie. Was Männer unter Liebe verstanden. – Hatte sie im Grunde etwas anderes getan? Sie hatten sich gegenseitig allerhand geschworen. Aber jeder konnte schwören, ein paar Monate und manchmal sogar ein Jahr. – Irgendwann würde die Ménage-à-trois zu Ende sein. Caroline von Beulwitz heiratete Wolzogen. Jetzt kam dieser für die Familie auf. Schiller verdiente gut. Er hatte in Wieland einen Freund und Förderer gefunden, obwohl sie sechsundzwanzig Jahre auseinander waren. – Als sie sich noch einmal mit Schiller getroffen hatte, hatte der ihr einen Traum erzählt. Er stand am Bett der beiden Schwestern Lengefeld und konnte nicht fortgehen. Sie lachten ihn aus. Ein Mann lag zwischen ihnen,

und sie fingen wieder an zu lachen und hörten nicht
auf. Er, Schiller, hatte alles mit ansehen müssen. Dieser
Traum war ein paar Mal hintereinander wiedergekom-
men. – „Wann war das erste Mal?“ fragte sie. – „Ich weiß
es nicht“, hatte er geantwortet. – Ein Mann hatte gera-
deaus zu denken, eine Frau nicht. Schiller hatte gelernt,
genauso hintersinnig zu denken wie sie. – Die große
Zeit, das war jetzt, solange sie noch nicht uralt waren.
Aber auch dem Anderen eine Niederlage zu bereiten, war
nicht schlecht. Sie erinnerte sich an ein paar Männer, die
sie gekannt hatte. Schiller war der erste gewesen, zu dem
sie sich so stark hingezogen gefühlt hatte. Natürlich hätte
sie ihre Ehe aufgegeben …

Wenn er es gewollt hätte. Was konnte ein Mann
überhaupt an den Schwestern finden? Auf den Pastell-
bildern entblößte Caroline ihren Busen bis zum Geht-
Nicht-Mehr, trug durchsichtige Kleider und eine dunkle
Mantilla, um den Anstand zu wahren. Eine Hochfrisur
mit einem Band aus Doppelgold darin, um ihr rundes
Gesicht zu betonen. Dagegen die jüngere Lengefeld,
Schillers Braut: die Haare zu tausend Löckchen gezupft,
das Gesicht so rein wie das eines Engels, der sie nicht
war. Und die Maler hatten sie immer ein bisschen ver-
träumt gemalt, Miniaturbilder auf Elfenbein. Es musste doch etwas bedeuten, dass Caroline, ihre Schwester,
in der Familie nur „die Frau“ hieß. Vielleicht hatte die
Verbundenheit der beiden Schwestern in Schiller den
Gedanken an eine eigene Familie geweckt. – Und Schiller war in das kulturelle und intellektuelle Leben des
Weimarer Musenkreises hineingekommen. Mit Bertuch,
dem Schatullier des Herzogs, hatte er sich auch Zugang
zu ein bisschen Geld verschafft. – Neuerdings war er

nach Volkstedt gezogen, ganz in der Nähe der beiden, in einem Zimmer, von dem er die Ufer der Saale übersah und nur eine halbe Stunde Fußweg zum Haus ihrer Familie brauchte. Drei Monate hatten gereicht, um die Verbindung intensiv werden zu lassen. Auch Knebel sollte um Charlotte von Lengefeld geworben haben, aber der knorrige Typ hatte kein Glück gehabt. Ob die Rudolstädter Schillers ästhetische Gedanken überhaupt verstanden? In ihren Gesprächen ging es um Politik. Schillers Schreibkunst war allmählich ins politische Feld übergewechselt. Man wetteiferte um Schiller. – Nach drei Monaten entblödete Schiller sich nicht, in die unmittelbare Nachbarschaft der Familie Lengefeld zu ziehen. Das Dreiecksverhältnis wurde von allen bemerkt. Zwei Frauen auf einmal? – Imhoff hatte aus Indien zwei Negerknaben mitgebracht, Hudan und Laufer. Hudan mochte sie und kam oft herübergesprungen, wenn er sie in Weimar wusste. Er war fast schon ein Jugendlicher. Sie wäre auch gern einmal nach Indien gefahren, aber die Überfahrt dauerte ein halbes Jahr.

Ein halbes Jahr auf einem Segler, eng von Menschen umschlossen, eine Fahrt, auf der immer ein paar Leute verrückt wurden, weil sie das lange, enge Beieinandersein nicht aushielten. Und wie sollte sie in Indien zu Geld kommen? Kalb hatte seine Finanzprobleme, Bertuch hatte sich in der Salinensache verspekuliert, und sie sah schon den Tag voraus, an dem die ganze Finanzkonstruktion ihres Mannes und Bertuch und damit auch ihre Familie zusammenbrechen würde.

Charlotte stand auf der Seite der Royalisten, aber Geld brauchte sie auch. Der Versuch von Bertuch und Kalb, Salinen in Bocklet und Kissingen zu pachten, die dazu notwendige Kaution von dreißigtausend Talern über eine Hypothek auf ihre Güter zu erlangen, war gescheitert. Die Würzburger Geistlichkeit, die die Kalbs (besonders Charlotte) nicht mochte, hatte hinter dem Rücken von Kalb und Bertuch intrigiert. Charlotte hatte selbst etwas von der *spekulativen Intrigue*. Sie wusste, dass sie im Alter (falls sie überhaupt alt werden würde) in bedrängten finanziellen Verhältnissen leben würde. Sie hatte selbst Goethe bei einer Spekulation mit Rheinwein um Hilfe gebeten. Goethe hatte (vornehm, aber bestimmt) abgelehnt. Sie hatte schon einmal an Goethe gedacht. Aber Goethe war klug und netzwerkig. Er flatterte mit seinen braunen Augen. Er war ein Schauspieler, der auf dem Theater des Musenhofs seinen Orest zusammen mit seiner Freundin Corona Schröter gespielt hatte. Niemand konnte ihr Rat geben. Rat verlangen war Beschränkung. – Rat geben, war Anmaßung! Außerdem ließen die eigenen Worte den Anderen mehr erkennen, als man sagte. – Die Wahrheit war für Leute bestimmt, die sie glaubten. Goethe versuchte neuerdings auch, gegen die abendländische Logik zu polemisieren. Die vielen Eingeschlafenen auf seinen Zeichnungen. – Richtige Wissenschaft betrieben hat Goethe nie. Eine Versöhnung zwischen Charlotte von Kalb und Schiller würde es auch nie mehr geben. Goethes kabbalistisch-theosophisches Denken und Schillers klarer, ehrlicher Idealismus? Durch seine bloße Gegenwart stellte niemand etwas dar. Goethe beeinflusste durch Farben oder durch hingeworfene Bemerkungen, auch durch Geschichten. Was hatte Schillers Anfälle bewirkt? – Malaria? – Sie konnte nur lachen! – Als hätte er sich tatsächlich im Mannheimer Festungsgraben infiziert. Schiller war als Militärarzt ausgebildet und hätte über eine solche Vorstellung auch nur gelacht. Das einzige, was man damals zu fürchten hatte, war die Franzosenkrankheit. Aber Spallanzani hatte Europa gezeigt, wie man sich dagegen schützte. Sie war sich sicher: die Vulpius würde auch nicht lange leben.

Da hatte Schiller in seinem schmalen Bett in Bauerbach gelegen und Theaterstücke geschrieben. – Wenn es Caroline von Wolzogen nicht gegeben hätte, hätten ihn die Häscher des Württemberger Herzogs schnell erwischt. Schon mit seinem ersten Stück war er ein berühmter Theaterdichter geworden und hatte die Welt und die Stadt Mannheim fast zum Einsturz gebracht. SIE hatte sein Genie sofort erkannt und sich schon nach einem Jahr Ehe an ihn gehängt. – Er musste es auch ein- oder zweimal mit Schauspielerinnen versucht haben. Schiller war kein Schönling, aber mit seinem männlichen, knochigen Gesicht, seiner vorspringenden Nase, seiner stolzen, hohen Gestalt, den schönen weißen Halsbinden strahlte er doch ungeheure Männlichkeit aus. – Goethe war sein Gegenteil. Viele Zähne weg, das Gesicht durchschnittlich, die Augen schön, weil sie seinen Charakter zeigten. Goethe scheute nichts. Die Leute reduzierten das Verhältnis zwischen Goethe und Schiller auf kritische Strenge versus Genie und Inspiration. Das war falsch. Schiller besaß genauso viel Inspiration wie Goethe. Wenn Goethe mit jemand eine hypnotische Beziehung aufbaute, wurde alles, was er tat, Symbol. Wer hatte, dem wurde gegeben. – Einige in Weimar kolportierten ein Pamphlet von Richard Green. Der hatte Shakespeare im 16. Jahrhundert eine *Aufsteigerkrähe* genannt, weil er den Erfolg nicht ertragen konnte. – Hinterhältig, dachte sie. Aber so ging es in der literarischen Szene zu. Goethe hatte versucht, der gesamten Welt, auch der Wissenschaftswelt, seine subjektive Weltsicht aufzudrücken. Es war vollkommen unmöglich, mit Goethe eine halbwegs normale Beziehung zu haben. Schiller war ein hochintelligenter Mensch, der wider Willen in Goethes Bannkreis geraten war. – Da war auf der einen Seite der Patriziersohn und auf der anderen Seite der vaterlandslose Geselle. Die Leute hier zerrissen sich aber über beide das Maul. – Schiller hatte sich in der letzten Zeit ihrer Beziehung seltsam verhalten, und sie hatte jemanden gebeten, Schiller ein wenig zu beschatten. Dadurch hatte sie überhaupt erst herausbekommen, was sich hinter ihrem Rücken zwischen ihm und den beiden Lengefeld-Schwestern abgespielt hatte. Das hatte ihr einen schweren Schlag versetzt, denn Schiller hatte mit ihr von einer ganz anderen Zukunft gesprochen. Sie hatte das Gefühl, Schiller nahm, was er bekommen konnte; genauso wie Goethe. Aber Goethe war der Zwilling des Herzogs und konnte sich alles leisten, während Schiller, der Autor der Räuber, überall mit Argwohn betrachtet wurde. Hätte er sie nicht gehabt, wäre ihm der Einzug in die literarische Gesellschaft Weimars (und damit auch in die ganz Deutschlands) nicht gelungen. – Und wenn er stürbe? – Nein, das würde sie nie zulassen! Aber er war krank, und manchmal dauerten die Anfälle vier Wochen. – Sie ging in ihr Schloss Waltershausen in Franken zurück und versuchte den Hauslehrer ihres Sohnes, Friedrich Hölderlin, auf ihre Seite zu ziehen. Aber ihre Gesellschafterin, Wilhelmine Kirms, hatte ihn längst erobert. Charlotte von Kalb war aber so souverän und so vom Genie Hölderlins entzückt, dass sie mit ihm verfuhr wie mit Schiller. Sie führte ihn in Jena ein, und Hölderlin hörte dort jeden

Abend Fichte, bis es nicht mehr ging. Er wanderte zu Fuß zu seiner Mutter nach Nürtingen in Württemberg zurück, und Charlotte war wieder allein. – Ihr Mann, nun ja! Sie schlief mit ihm, und eineinhalb Jahre später hatte sie schon wieder ein Kind, ein Mädchen. Sie hatte in Jena entbinden lassen und wollte nach Waltershausen nicht mehr zurück. Sie schrieb: *Das Tier kann dort verdauen und schlafen, dasjenige aber, welches nur etwas von einer besseren Natur in sich kennt und fühlt, kann dort nicht schlafen und verdauen. Wenn es lebt, so fühlt es nur die Zerstörung, die Agonie, die Agonie seines menschlichen Daseins, seiner geistigen Natur.* – Sie brauchte Schiller, und sie würde ihm einen telepathischen Schrei zusenden. Der gute Vorsatz, diese Gegend zu verlassen, war also erst einmal gebrochen.

Schiller hörte den Schrei, der durch den Äther drang und der vielleicht nur durch die lange Zeit zu ihm herüberkam, in der Charlotte sich nicht gemeldet hatte. Die Zeit zeigte, dass es vielleicht sogar mehr als ein Schrei war. – Jeder Mensch versuchte seine Autorität durchzusetzen; mit allen Mitteln. Das wurde dann hinterher Aura genannt. – Telepathie war nichts anderes als die Kunst, sich im Kleinsten auszudrücken.

Charlottes Bedienstete Nanette erzählt

Schiller wusste nicht, woher der telepathische Schrei, der ihn so unvorbereitet getroffen hatte, herkam. – Er war tief in die Beziehung mit den beiden Schwestern Caroline und Charlotte verstrickt und erinnerte sich an Charlotte von Kalb nur noch als seine ehemalige Geliebte und Mentorin in Weimar. Er lebte fast Tür an Tür mit Charlotte und Caroline, seinen beiden Schwester-Geliebten. Charlotte von Kalb ging es nicht gut. Sie wurde reizbar, schwach und ermüdete schnell. – Schiller war doch auch Hirnarzt gewesen und musste erkennen, was hinter den Symptomen stand. – Charlotte bekam plötzlich Angst, dass sie verarmen könnte. Was hatten denn ihr Mann, dessen Bruder und Bertuch mit ihren Spekulationen übers Knie gebrochen? – Sie war überfordert. – Mein Gott, fast drei Fast-Ehemänner in so wenigen Jahren. – Ich, Nanette, glaubte damals, sie hätte die Melancholie bekommen. – Sie hatte plötzlich keine Tränen mehr. – Ein Gefühl der Gefühllosigkeit, wie sie es nannte, wenn ich sie abends auskleidete. Im Haus ging ihr kaum noch etwas von der Hand, besonders morgens. – Sie sagte einmal, sie habe keinen Magen mehr; sie sei innen ganz leer. In dieser Zeit dachte sie aber ganz klar. Was Schiller *ihren lauernden Verstand* genannt hatte, war geblieben. Ich bin auch eine Frau und kann Charlotte von Kalb verstehen. Sie glaubte mänchmal, die Männer übertreffen zu müssen. Die Welt ist hart. Aber man ist ja nicht aus Holz, und Schiller musste ziemlich gut gewesen sein. Ich bin Charlotte von Kalb sehr nahe, aber ich bin nicht ihre Freundin, nur ihre Bedienstete. Wenn sie nur nicht ihren Verstand so weit nach oben gelassen hätte. Das musste doch Schiller sofort auffallen. Ab und zu trank Charlotte ein bisschen zu viel, aber sie war keine Trinkerin. Im Musenhof gab es Sekt im Überfluss. Auch für Goethe. Manchmal sagte sie nein, weil es ihr eigentlich egal war. Und manchmal brannte sie darauf, Kalb weh zu tun, um zeigen, wie stark sie war. Sie besaß auch Kaufmannsschläue. Die Unterwelt der Frauen ist die Welt des Femininen. Ich bin auch so eine, obwohl ich nur eine Bedienstete bin. Mein Aussehen interessiert mich nicht. Aber ich bin verlobt, mit einem Soldaten. Charlotte von Kalb hat ein breites Gesicht, aber ausdrucksvoll. Zu Schiller hat sie einmal gesagt: „Es war richtig, dass du kein Kanonenfutter aus dir hast machen lassen." Sie fand es gut, dass sie eine Frau war. Sie gab gern jemandem einen Rat, damit der dann das Gegenteil machen konnte. So etwas! – Ich habe als Bedienstete schon viel gesehen. Aber man musste sie einfach mögen. Ihre schuldig-unschuldige Attitüde. Wenn Schiller hier war, brachte er immer den Mief von anderen Frauen mit. Sie hatte aber sofort gemerkt, dass Schiller Eigenschaften besaß, die seinen Erfolg in der Welt erwarten ließen. Die gesellschaftliche Rangordnung ist auch eine intime Rangordnung.

In Jena hatte Schiller Charlottes telepathischen Schrei vernommen, vernommen, nicht gehört! Er hatte sich ein Pferd der Reitenden Post genommen und war fast einen ganzen Tag lang zu uns geritten. Am Abend kam er an. – Allein! – Charlotte war inzwischen in starke

Melancholie verfallen und sagte, es solle wenigstens regnen. Die meisten Frauen, bei denen ich Bedienstete war, waren mit ihren Trennungssituationen (es gab viele) fertiggeworden. Besonders die Frauen in Weimar. Schiller hatte in seinem Leben schon Schwereres abtropfen lassen. Jetzt musste Charlotte von Kalb nicht nur für die Affäre bezahlen, sondern musste auch für die Habgier und den Irrsinn von Bertuchs Spekulationen und denen ihres Mannes büßen. Jetzt war Schiller da, und ich hörte in der Küche, wie sie ihn im Salon darum bat, mit ihm zusammen zu leben. – Warum hätte Schiller das tun sollen? Er hatte gerade zwei junge Frauen kennengelernt, und mit der Heirat würde er alle beide bekommen. Was wollte er mehr? Meine Herrin war stark, sie würde überleben. Warum der telepathische Schrei? – Weil sie nichts anderes hatte, um junge Männer anzuziehen.

Ich sah ihr im Laufe des Abends an, dass sie wieder wusste, wo sie war. Schiller blieb bei seiner Schwester Christophine in Meiningen und sah jeden Tag nach Charlotte. Kalb guckte seltsam. – Der Vorsatz, Schloss Waltershausen nie wieder zu verlassen, hielt nur ein paar Monate. Ihr Mann war in einen Rechtsstreit mit Herzog Carl August verwickelt. Sie fühlte sich in Waltershausen lebendig begraben. Alle Männer um sie herum in Waltershausen, Meiningen oder Jena freuten sich trotzdem. – Schiller musste wieder gehen, und so musste ich mit dieser fremden und mir doch so nahen Frau zusammenbleiben und für sie sorgen. Sie war ungewöhnlich im Umgang, in Tiefe, Feinheit und Gewandtheit des Geistes. Ich konnte sogar mit ihr diskutieren. Oder nur bis zu einer gewissen Grenze. Sie begnügte sich vorerst damit, durch ihre Stetigkeit dem rastlosen Hölderlin Ruhe und Selbstgenügsamkeit zu geben. *Er ist ein Rad, welches schnell läuft,* hat sie über Hölderlin gesagt. Sie sagte, Goethe werde sich nicht nur in der Literatur erschöpfen. – Goethe näherte sich den Frauen genauso wie Schiller oder Jean Paul. Und Frau von Kalb hatte mir gesagt, die Männer lebten mit dem Anspruch, nur sie könnten die Geliebte erlösen. Auf manche ihrer leidenschaftlichen, verzweifelten und resignierenden Briefe haben alle drei nicht geantwortet. Wenn sie jemanden wie Jean Paul um eine *einsame Stunde* bat, war es reine Nervenschwäche. Wenn ich nicht gewesen wäre! Jean Paul nannte sie nur *die Ostheim,* um ihren adligen Mann zu erledigen. Ich habe in Jean Pauls Briefen geblättert. Da stand ein so unsinniger Satz wie: *Du bist das Universum um mich.* Charlotte hatte auch kein *Felsen-Ich,* sie war vollkommen labil und wäre gefallen, wenn ich sie nicht davor bewahrt hätte. Alles, was sie war und was sie gesagt hat, hat dieser Jean Paul Richter in seinen Dichtungen ausgenutzt. Sie war kreativer und stärker als er. Vielleicht sah er in ihr nicht einmal ein Frauenzimmer. Sie war für ihn Goethes Mignon aus dem Wilhelm Meister. – Schöne Worte sind immer Almosen. *Männer können unsere Freunde nicht sein, und nur aus Bedürfnissen suchen sie uns.* Schrieb sie einmal an Jean Paul. Der besprach die Briefe, die sie ihm schrieb, mit seinem Freund Otto, und der las auch die Antworten. Gemeinsam nahmen sie die Frau auseinander. Trotz ihrer hoher Geisteskräfte. Es wurde so schrecklich, dass es zu Anfällen und Blutspucken führte. Die Männer fühlten *wenig Mitleid, Liebe und Schmerz für das* Kühne, Sonderbare. – Was war alles Herrliche ohne das Beständige?

An Hölderlins Mutter hatte Charlotte geschrieben: *Hätte der Mann nicht noch Romane, wo von uns die Rede ist – er wüsste gar nichts von uns, als dass wir Tiere sind. –* Ich, Nanette, habe drei oder vier solcher Herren an Charlotte von Kalb vorbeiziehen sehen. Und Jean Paul hatte 1802 geschrieben: *Frau von Kalb war hier; ganz dieselbe in Kraft, Geist und Traum; die arme schwimmt in ihrer Flut und hält sich an jeden Zweig, der neben ihr – mitschwimmt.*

Eigentlich wäre Charlotte von Kalb für alle drei, für Schiller, Richter und Goethe die Richtige gewesen. – Casanova hatte nicht gewusst, was er machte. Aber Goethe, Schiller und Jean Paul Richter hatten gewusst, was die Welt im Innersten zusammenhielt. Ich habe mir meine Romane aus den Leihbibliotheken geholt. Warum hat Schiller keinen Roman geschrieben? Seine Tragödien, zu denen mich Frau von Kalb ab und zu mitgenommen hatte, fand ich langweilig. Aber sie bestachen mich. In Mannheim war Schiller zum König des Theaters ausgerufen worden. Die Leute waren sich nach seinen Räubern weinend in die Arme gefallen. Er hatte in seinen Stücken unverblümt Gedankenfreiheit gefordert, aber die Macht der Fürsten ruhte auf dem Gegenteil. Charlotte von Kalb war eine Frau, in deren Gegenwart Gedankenfreiheit möglich war. – Ich gehe jeden Sonntag zur Kirche. Aber würde sich Schiller in einem symbolischen Fegefeuer läutern lassen? – Ich hatte auch meine kleinen Leidenschaften, aber zum Heiraten hatte das Geld nicht gereicht. – Gut, die Frau wird konsumiert und was dann? Wie es weiterging, hat mir Schillers Leibbursche Schultheiß erzählt. Das Dreiecksverhältnis zwischen ihm, Caroline und Charlotte hatte nach der Heirat nicht aufgehört. Beide Frauen waren intelligent und hätten in jedem literarischen Zirkel mitreden können. Es war Caroline gewesen, die Schiller überredet hatte, ihrer Schwester den Heiratsantrag zu machen. Diese wartete offenbar ungeduldig darauf. Die Menschen sagen manchmal auch etwas, um das Gegenteil zu erreichen. Schiller verdiente jetzt gut. Er bezog Einnahmen aus dem Gehalt des Herzogs, Kolleggelder von der Universität Jena und einiges Geld für seine Veröffentlichungen. Außerdem bekam er noch eine ganze Menge für seine Vorlesungen. Charlotte von Kalb hat mir erzählt, dass Goethe mit sechzehn Jahren für sein Studium in Leipzig das Sechsfache von seinem Vater erhalten hatte. – Nach der Heirat nahm das Ehepaar Schiller in Jena ein paar Zimmer im Haus der Schwestern Schramm. Das war fast ein Armutszeichen. Man aß auch bei den Schwestern. Alles sehr preiswert. Jeden Abend sprachen und zechten die Akademiker bis spät in die Nacht, und Fritz von Stein, der jüngste Sohn von Charlotte von Stein, der auch mitzechte, erzählte mir, dass Schiller den ganzen Tag seinen Hausmantel trug, unfrisiert und viel Karten und Schach spielte. Zwischen der Universität und den Gesprächen im Freundeskreis schien es keine Grenzen zu geben. Fritz glaubte, dass Schiller sich hier seine gesamte bürgerliche Bildung geholt hatte. Knebel war nicht dabei, denn er hatte, wie viele andere auch, vergeblich um Schillers Frau geworben. – Manchmal dachte ich an Charlotte von Kalb als eine unglückliche, einsame Frau. Ich habe bei all meinen Herrschaften erlebt, dass solche Frauen zwischen dem Prinzip Mann und Weib hin- und herschwankten und, dass eine Frau vielleicht die bessere Gefährtin für sie gewesen wäre. Vielleicht war sie auch krank, und als ich ihr das sagte, nannte sie mich hinterhältig. Sie sagte:

„Ich will deine Frechheiten nicht mehr hören." Ich hatte das Gefühl, dass Charlottes geistige Verwirrung sehr groß war. Vielleicht ein Nervenfieber. Sie wurde zur Ader gelassen und bekam Haferbrei. Nach ein paar Tagen hatten sich ihre Verwirrung und ihre Erschöpfung gelöst. Sie war meine Gebieterin und hatte das Recht, rücksichtsvoll behandelt zu werden. Sie gab mir Befehle, und mir blieb nichts anderes übrig, als diesen Befehlen zuwiderzuhandeln, wenn ich ihr helfen wollte. Ich war Haushälterin, Kammerzofe und Faktotum in einem. Ich nahm ihr sogar das Strickzeug aus der Hand, wenn ich bemerkte, dass sie wieder einer Ohnmacht nahe war. Schiller meldete sich nicht mehr. Er war der Einzige gewesen, bei dem sie auf Widerstand gestoßen war, den sie aber nicht hatte vergessen können. Früher oder später muss ein jeder sein Wesen offenbaren, und Hass reichte zur Bewältigung des Lebens nicht aus. Hatte Gott nicht gesagt: „Selig sind die Sanftmütigen?" Wenn die Starre meiner Herrin ins Maßlose wuchs, erzählte ich ihr vom schlechten Charakter der beiden Schwestern Lengefeld. Schon damals stand außer Frage, dass Schiller einmal jemand werden würde. – Tage und Wochen vergingen, und Charlottes Stimmung wurde besser, obwohl sie wieder eine seltsame Vorliebe für ihren Mann entwickelte, der gerade dabei war, sich aus den finanziellen Verirrungen mit Bertuch und dem Präsidenten herauszuziehen. Eine Zeitlang aß Charlotte so gut wie nichts, und ihr Aussehen machte uns Angst. Dann nahm sie wieder zu und sah blühend aus wie auf den Bildern, die Tischbein von ihr gemalt hatte. – Manchmal sagte sie zu mir und ihrem Mann: „Ich gehe in die Saale." Im Augenblick besaß sie nicht die Vernunft, sich selbst zu helfen. Kalb berührte das wenig. Ihn interessierte nur, wie er seinen finanziellen Ruin abwenden konnte.

An den meisten Abenden erzählte ich Kalb in dürren Worten, was ich am Tag an Charlotte bemerkt hatte. Sie wäre beinahe umgekommen, denn beim Zubettgehen hatte sie eine Kerze gestreift, die umgefallen war und ihr Nachtkleid entzündet hatte. So viel Entschlossenheit musste sie noch gehabt haben, dass sie sich auf den Boden wälzte, und es ihr gelang, die Flammen zu ersticken. Als ich auf den Lärm hocheilte, rief sie: „Verschwinden Sie! – Was können Sie noch tun? Lassen Sie mich ungestört schlafen." – Ich warf ihr ein neues Nachthemd zu und ließ sie allein. Ihr Schlafzimmer war ein Durcheinander, und ich traute mich nicht mal, etwas Ordnung zu machen. – Mit Charlotte in jenen Tagen umzugehen, war schrecklich. Aber immer, wenn sie ihre Fassung wiedergewonnen hatte, kam sie mir schöner und intelligenter vor als Frau von Stein. Frau von Stein hatte sich nicht mit dieser Verve an die Männer herangeworfen und ihre eigene Intelligenz und ihren Idealismus versteckt. Dafür war sie in der Lage, alles Gesagte auf einen Punkt zu bringen und den Männern mit einem durchdachten Satz in einer klaren Sprache zu antworten.

Ich selbst, Nanette, habe immer Vorahnungen gehabt. Ich habe auch den telepathischen Schrei vernommen, der von Charlotte von Kalb zu Schiller ging. – „Ging", sage ich, denn wie es war, kann keiner sagen. Zwischen zwei Menschen, die sich nahe waren, gibt es immer noch Empfindungen. Der Verstand ist damit überfordert. Wenn man von Kindern träumt, ist es ein Zeichen, dass Sorgen bevorstehen. Einmal habe ich von einem Säuglingsgespenst geträumt, und kurze Zeit danach ging die

Unruhe zwischen der Kalb und Schiller los. Frauen vernehmen mehr aus dem Jenseits als Männer. – Natürlich war Charlotte meine Herrschaft, aber kriecherisch bin ich deswegen nie gewesen. Ich glaube, deswegen gefiel mir Schiller so gut. Wie sie zwischen ihrem Mann und Schiller hin und her wieselte! Sie waren beide tolerant, Heinrich, ihr Mann, vielleicht noch ein bisschen mehr. Aber er war von trüber Verschlossenheit, wie die meisten aus dieser Gilde. Schiller hatte einmal gesagt, dass Charlotte sehr viel Geist habe und nicht zu den gewöhnlichen Frauenzimmern gehöre. Nach der Geburt ihres zweiten Kindes fiel sie in Melancholie. Wie kann man einer Hochschwangeren Wein zu trinken geben? – Ich habe in einem der Briefe, die Schiller einmal an Körner über meine Herrin geschrieben hatte, geblättert und gelesen: *Die Resultate langer Prüfungen, langsamer Fortschritte des menschlichen Geistes, sind bei dieser auf eine mystische Weise avanciert, weil die Vernunft zu langsam dahingelangt sein würde.* – Mein Gott, da war man ja schon in der Geisterwelt, an der ich von Kindesbeinen an gehangen habe. – Heinrich von Kalb glaubte nicht an Gott, Schiller nicht, aber Goethe musste eine Gottesvorstellung haben. Er hatte sie aus Frankfurt, wo er seine schreckliche Leipziger Wunde am Hals auskuriert hatte, mitgebracht. Es war der kabbalistische Welling gewesen, dessen Bücher Goethe damals in seiner Not und Todesangst studiert hatte. Da war er noch keine zwanzig gewesen. Gott war das große Auge, und die Schöpfung hatten Gott und Luzifer gemeinsam vollbracht. Also war Luzifer der eigentliche Schöpfer der menschlichen Welt, die Goethe Mikrokosmos nannte. Es waren augenblendende Gedanken in den Geschichten, die Schiller von Goethe erzählt hatte. Mit dem Verstand konnte man Gott nicht verstehen. Magie und Christentum gehörten für Goethe eng zusammen. Der Weg dorthin war der von Mesmer. Schiller hatte erzählt, wie die von einer geweihten Person Berührten ihren Willen verloren und dahinsanken. Schiller war ja selbst Arzt und hatte mir gesagt, dass Goethe der ganzen Welt den Stempel seiner Denkungsart aufdrücken wolle. Nicht mit dem Verstand, sondern mit dem Berühren. Dazu genügte schon ein Augenflattern. Angeblich stand alles schon in der Heiligen Schrift. Ich hatte nichts davon bemerkt. – Goethe hatte in den Büchern der Philosophen nach Sophismen gesucht, die er gebrauchen konnte. Von den Neuplatonikern bis zu Spinoza. Oft zusammen mit Charlotte von Stein, an den langen Abenden, an denen er mit ihr zusammen war. – Konnte man das Unheimliche verstehen? – Vielleicht hatte Goethe Schiller auch magnetisiert, wie man heute sagte. Warum hatten sich Goethe und Schiller nicht mit Waffengewalt auseinandergesetzt, statt zu versuchen, sich gegenseitig auszunutzen? – Ich habe ja keines von Goethes Büchern gelesen. Aber ich habe gehört, dass darin viel Unmoral vorkommt. – Gott sei Dank ist mir eine schlimme Ehe erspart geblieben. Die Herrnhuter schließen selbst heute noch ihre Ehen nach dem Los. Der Weltbestand wäre dadurch um kein Jota schlechter.

Heute Nacht ging es Herrn von Kalb schlecht. Seine Frau hatte dort oben in ihrem Schlafzimmer einen Streit angezettelt, bei dem sie zu kreischen anfing. Es ging um ihre Nähe zu Schiller. Sie hatte sich immer noch nicht den Gedanken aus dem Kopf geschlagen, sie könne ihre Ehe mithilfe von Herder, der ihr Freund war, scheiden lassen. Schillers Freund Reinhard übernähme die beiden

Töchter Lengefeld, und es käme doch noch zu einer Heirat zwischen ihr und Schiller. Sie warf ihrem Mann diese Spekulation tatsächlich an den Kopf. Heinrich von Kalb traf beinahe der Schlag. Die Fassade musste aufrecht erhalten werden, auch wenn seine Kammerjungfer das zweite Kind von ihm erwartete. Charlotte von Kalb hatte eine weitumgreifende, spekulative Intelligenz. Sie wusste, sie würde einmal alt werden, obwohl sie ein Augenleiden hatte. Vielleicht hatte Charlotte einfach nicht das Talent, glücklich zu sein. Das habe ich einmal in einem von Schillers Briefen gelesen. *Die Menschen suchen immer gleich Worte zu allem, und durch Worte hintergehen sie sich dann.* – Jede Empfindung ist nur einmal in der Welt vorhanden. In dem einzigen Menschen, der sie hat.

Über den Autor

Jens Korbus studierte Germanistik, Philosophie und ein bisschen Schwedisch. Er war Assistent am Germanistischen Institut der Universität Düsseldorf und ging dann in den Schuldienst. Für seinen *Brief an Goethe* bekam er einen der höchsten Literaturpreise in Rheinland-Pfalz, den Fachinger Kulturpreis. Seine Veröffentlichungen umfassen 35 Bücher, neun davon über Goethe, dessen Umfeld und Motive aus dessen Werk. Darüber hinaus hat er auch einiges über seine Heimatstadt Koblenz und über Ostpreußen geschrieben, das Land, aus dem seine Eltern stammen.

Kleist · Goethe · Hölderlin
96 Seiten
ISBN 978-3750434172
€ 8,90 (Taschenbuch)
€ 2,99 (Ebook)

Das Geschenk & Karlsbad tan
Zwei Erzählungen über Goeth
84 Seiten
ISBN 978-3749433322
€ 8,90 (Taschenbuch)
€ 2,99 (Ebook)

Mein Goethe
396 Seiten
ISBN 978-3752832297
€ 15,90 (Taschenbuch)
€ 6,49 (Ebook)